AF279687

PUNK VAMPIRES

ExLibric

JACOB CABRERA

PUNK VAMPIRES

EXLIBRIC

ANTEQUERA 2024

JACOB CABRERA

PUNK VAMPIRES

Agradecimientos

Quería expresar mi agradecimiento a mi familia y amigos, que me animaron y apoyaron para escribir y sacar a la luz esta edición de mi primera novela, acompañado y guiado de la mano de la editorial ExLibric, que ha hecho posible su publicación y distribución.

Prólogo

Londres es una ciudad enorme con grandes monumentos como el palacio de Buckingham, el puente del río Támesis y enormes jardines, con cálidas temperaturas en verano y fríos inviernos, con clima húmedo y lluvias durante el año.

El movimiento punk es una cultura que vincula la música y, por otro lado, revela actitudes anticonvencionales, utilizando sus letras de canciones para varios tipos de protestas. Se originó en Inglaterra a finales de 1970, y se encuentra en auge en esta historia. Muchos ciudadanos lucen con vestimentas descosidas creándoles un efecto roto, *piercings* en nariz, cejas, orejas y boca. Tachuelas en collares, pulseras, cinturones y botas, peinados de púas y crestas de colores, además de rapados en algunas zonas del cabello, más comúnmente en laterales.

Desde hace dos años, un misterio sin resolver está ocurriendo en Londres, pues se han encontrado cadáveres desangrados en callejones oscuros que parecen haber sido atacados por enormes garras que van de un lado hacia otro de sus torsos, y también parecen estar dejando signos de mordidas de enormes mandíbulas no humanas en los cuellos desangrados. Unos pocos ciudadanos afirman haber visto personas que se transforman en monstruos, añadiendo que les crecen los colmillos y se vuelven intimidantes. Con ojos rojos, amarillos o blanquecinos, se ha avistado que en ocasiones las víctimas obedecen como hipnotizadas a estos seres.

Muy pocos denuncian estos hechos, ¿será porque son unos pocos locos en la ciudad que necesitan ayuda psiquiátrica?, o ¿será que unos pocos han sobrevivido a este tipo de encuentros con esos seres de la noche? Este libro no narra los homicidios ocurridos en 1888 por el destripador de Whitechapel. Pronto descubriremos el terrorífico misterio que nos aguarda esta historia.

I

Thomas merece algo mejor

Cinco años antes

En una de las calles de Londres vive la familia Cooper, que está formada por cuatro miembros: la Sra. Phoebe Cooper, el Sr. Noah Cooper y sus dos gemelos, la niña Elise Cooper y el niño Thomas Cooper.

El Sr. Cooper es un hombre de treinta y nueve años, alto y fornido, con pelo corto color castaño y engominado de raya a un lado. Luce también un bigote de diseño *pencil*. Tiene un carácter empático y amable con las personas, al igual que el resto de la familia Cooper. Para Noah, su familia es el motor de su corazón y su razón de vida; trabaja a pocas calles de su casa como ayudante de un prestigioso abogado llamado Andrew Wilson, que a su vez es el mejor amigo de la infancia de Noah.

La Sra. Cooper es más bajita que su marido, tiene un peinado de ondas voluminosas color marrón claro y ojos azules. Es una mujer risueña que le encanta la lectura y ama la naturaleza, pero lo que más ama es estar con su marido e hijos. Es dependienta de turno de día en una sala de veinticuatro horas con máquinas recreativas y arcades con varios sectores de edades, lo cual permite llevar a sus hijos algunas tardes, dejándolos en el sector infantil al cuidado de los monitores. Así, estos se la pasan jugando hasta que su padre llega a recogerlos a ellos y a su madre al terminar su jornada.

Elise y Thomas son los hijos gemelos del matrimonio. Tienen nueve años, gozan de buena salud, rebosan alegría y reciben muy buena educación por parte de la escuela y sus padres. Aunque, como todos los niños, tienen sus momentos rebeldes. Los niños son ambos de pelo marrón claro; Elise tiene el pelo recogido con coleta y Thomas un peinado corto infantil con flequillo. A pesar de ser una familia de clase media alta, los Cooper son de costumbres humildes y trabajadores.

Una noche, ya ocultándose el sol casi por completo, con la última iluminación del cielo oscuro y un horizonte anaranjado y rosado, Thomas fingió estar enfermo en la mañana para saltarse un examen y no fue con su madre y su hermana al local de las máquinas arcade. Phoebe termina su turno una hora más temprano y se dispone a irse a su casa con la pequeña Elise en un taxi, pero Elise se vuelve a su madre y le pide urgentemente ir al lavabo de la estación subterránea del metro antes de coger el taxi. Su madre, sonriéndole y con una suave caricia en la mejilla, accede a ir al lavabo de la estación. La niña entra al lavabo y la señora Cooper se sienta en el asiento más cercano, esperando a que Elise salga. La estación está bien iluminada con luz blanca, excepto por un foco que parpadea sin parar. Las vías de tren se sitúan paralelas en medio de la sala, y en ambos lados están los asientos para esperar el transporte. Luego, tiene los túneles oscuros y largos a ambos extremos de las vías.

En la estación solo hay una pareja de ancianos esperando el tren. De repente, se escuchan voces, risas y jaleo desde los oscuros túneles de las vías. Es un grupo de jóvenes rebeldes, una chica y dos chicos que aparentan tener veintiséis años los tres, vestidos de estilo punk, con aparentes actitudes de maleantes. Phoebe siente algo de nervios y decide centrarse en una revista de ciencias que saca de su bolso para ignorarlos y así evitar atraer su atención.

La pareja de ancianos murmulla algo entre ellos mientras miran a estos jóvenes rebeldes. La anciana hace un gesto con la cabeza, transmitiéndoles decepción y desprecio por las actitudes de los jóvenes. La chica del grupo se da cuenta y se dirige a la anciana; mientras se acerca, le dice:

—¿Hace mucho que espera el tren, anciana? —dice en tono sarcástico, burlándose de la edad de la anciana mientras hace una pompa de chicle.

—Deberías plantearte mejor tu vida, no seas tan insegura de ti misma y vete de la banda de donde estés metida. Una joven de tu edad con un futuro prometedor debería respetarse más a sí misma y sobre todo a sus mayores.

A la chica punk le hace gracia lo que la anciana le responde y se medio sonríe, mientras a su vez el anciano añade:

—Estos jóvenes de hoy en día son un desperdicio, querida; no tienen respeto por nada, no hables con ellos.

Phoebe mira de reojo a los ancianos y ve que los tres jóvenes los comienzan a rodear en los asientos y no parecen tener intenciones de marcharse. Un chico se apoya en la columna que hay detrás de los asientos de los ancianos con una sonrisa siniestra; otro se agacha a la izquierda del asiento donde está el anciano, sonriéndole con una expresión psicopática, y la chica se sienta tranquila y despacio al lado de la anciana, a la derecha de los asientos, mientras mastica chicle y se mira las uñas. Entonces, la chica dirige la mirada hacia la anciana y, con una sonrisa, le responde:

—Yo no tengo inseguridades, anciana. Yo no veo mi vida pasar sentada en una estación de trenes, viendo cómo envejezco.

Los ancianos se miran asombrados al escuchar el lenguaje ofensivo y acompañado de ego, y la anciana reprende a la joven:

—¡Perdone, señorita! ¿Cómo dice?

La chica punk deja repentinamente de sonreír y comienza a mirar a la señora intensamente, con una mirada muy siniestra. La joven se mueve hacia atrás y se pone a contraluz de los focos. A medida que se pone más a contraluz, puede apreciarse que sus ojos cambian de color, de verdes hermosos a amarillos brillantes. A su vez, comienza a mostrar cómo sus dientes se vuelven anchos y con puntas afiladas, hasta convertirse en una gran boca, sacando la lengua excesivamente larga. Su rostro se vuelve tétrico en unos segundos, con aspecto de vampira, con orejas también picudas y sin cejas. Los ancianos quedan petrificados y asustados; la chica levanta lentamente su mano y ven cómo se transforma en garra de monstruo con uñas puntiagudas. Y, con una voz muy grave, más grave que la de un hombre con voz fuerte, le dice a la anciana:

—Yo te mostraré algo de provecho, ¡zorra!

Mientras, de un zarpazo, arremetiendo con su garra a la garganta de la anciana, le arranca la cabeza, haciendo que por el impacto del golpe ascienda a dos metros de altura, salpicando de sangre el rostro del anciano que se encuentra a su lado, mientras la anciana decapitada empieza a expulsar chorros finos de sangre que son lanzados desde su garganta. El chico punk que estaba detrás de los ancianos, de dos metros de alto y ya transformado en un intimidante vampiro, levanta al anciano, agarrándolo por la garganta, dejando los pies de este colgando en el aire. El vampiro lanza un gruñido de intimidación al anciano, acercándolo a su cara, frente a frente, y le muerde ferozmente el cuello, arrancando un trozo de carne, salpicando con un mordisco el asiento, parte de la columna de al lado y el suelo de sangre. Luego, arroja el cadáver sin vida del anciano desangrado al suelo, mientras el cuerpo en caliente convulsiona al lado del cuerpo de la anciana que quedó sentada y sin cabeza, chorreando sangre. El vampiro agachado a la izquierda lentamente pasa dos dedos por el charco de sangre a su lado en el suelo y lame la sangre de sus dedos mientras mira a Phoebe, sonriendo diabólicamente.

Phoebe está aterrorizada por lo que acaba de suceder ante sus ojos. Solo piensa en salir corriendo con su hija de la estación. En cuanto Phoebe se ve capaz de reaccionar, da media vuelta y corre a la puerta del lavabo a buscar a su hija. Cuando está cerca del servicio, se abre la puerta de un golpe inhumano, poderosamente fuerte, reventando la cerradura y también la bisagra superior, que queda colgando y astillada, además de estar salpicada de mucha sangre. Phoebe queda petrificada ante tal brutalidad, llevándose la mano a la boca, expresando asombro. Desde la entrada, Phoebe oye caer como un cuerpo cerca de la puerta del lavabo, y un brazo sin vida sobresale del lavabo, asomando desde el ángulo lateral mientras el rostro se oculta en el otro extremo. Phoebe ve en la muñeca del brazo sin vida una pulsera que rápidamente identifica, pues era una pulsera que llevaba la pequeña Elise. Phoebe grita el nombre de su hija, horrorizada y escandalizada; se escuchan unos pasos de botas, y sale del lavabo una vampira joven aliada con los tres vampiros de la estación, limpiándose con la mano la boca manchada de sangre de Elise.

La vampira que salía del lavabo era algo diferente a los otros tres vampiros, pues parecía más joven, como una adolescente de dieciséis años, rubia y vestida con una sudadera blanca, vaqueros azules cortos rasgados estilo punk, y unas zapatillas deportivas planas clásicas. Sus ojos se distinguían del resto por un color blanco con venas rojas y un sombreado de ojeras.

De pronto, los tres vampiros de la estación comienzan a reír a carcajadas, burlándose de Phoebe, señalándola con la mano y atormentándola. Phoebe se dispone a correr y subir apresuradamente las escaleras de la estación para llegar a la superficie. Tiene un ligero tropiezo, pero se incorpora rápido y continúa huyendo, dejando atrás uno de sus zapatos tras el tropiezo. Llega a la salida y justo había un taxi al que entra, gritando al conductor que arranque. El taxista, viendo a la mujer invadida de terror, decide llevarla al hospital más cercano. Allí, la Sra. Cooper es atendida por los enfermeros rápidamente. Phoebe está histérica y a los enfermeros les resulta muy difícil sujetarla para administrarle un tranquilizante que calme su estado. Una vez que Phoebe está en calma, la mantienen ingresada en observación. La policía llega al hospital y toma las declaraciones de Phoebe para investigar el caso. A pesar de que las declaraciones de Phoebe llevaban a la dirección de problemas mentales al decir que había vampiros en la estación del tren, no se puede negar que había cadáveres que mostraban signos de dentaduras en cuellos y garras de animal salvaje, pero descartaron la teoría de vampiros.

Pasado un mes, la Sra. Cooper no ha dicho aún ninguna palabra, solo llora de vez en cuando por su hija fallecida y siente miedo, pero reacciona más en calma. El Sr. Cooper, que pasa todo el tiempo al lado de su esposa sin apenas dormir, está devastado emocionalmente por la pérdida de su hija.

Cuando las autoridades llegaron a la estación, había sangre en el lavabo, pero no se encontró el cuerpo de ninguna niña; solo se encontró el cuerpo de la pareja de ancianos que estaban en la estación esperando el tren. Noah espera pacientemente que su mujer se recupere y pueda hablar con él de lo sucedido en aquella fatídica noche en la estación. Las incertidumbres lo abruman, pero mientras tanto tiene que seguir cuidando de su hijo Thomas, e intenta prestarle la atención necesaria para que su hijo no pase el calvario tan amargo. Lo lleva a patinar, toman helados algunas tardes en el parque, van al cine y a varias actividades más. Noah sabe que Thomas estaba muy unido a su hermana y necesita compañía, hacer amigos.

La Sra. Cooper sale del hospital y se reincorpora a las tareas de su hogar, pero no quiere hablar con su marido sobre lo ocurrido en la estación. Le es imposible pasar página después de haber visto a su hija morir. A pesar de que ponen carteles de Elise sobre la niña desaparecida porque su cuerpo aún no se ha encontrado, Phoebe sabe y se conciencia de que su hija está muerta.

El amor y cariño que le muestra Noah no son suficientes para que ella pueda avanzar psicológicamente, y empieza a pensar que es un problema para Thomas y Noah. Ella no quiere que su familia la vea así, por eso comienza a pasar los días encerrada y sola en su habitación, llorando. No quiere estar ni hablar con nadie, está muy deprimida.

Después de tantas insistencias por parte de Noah para que Phoebe hable con él y así poder ayudarla a superar su traumática experiencia, Phoebe grita:

—¡Está muerta, Noah, muerta! ¡Yo la vi, vi que nuestra pequeña tenía su pulsera verde! ¡Esas criaturas de ojos brillantes la mataron!

Phoebe rompe a llorar entre los brazos de Noah, y este trata de tranquilizarla y consolarla, acariciándola y abrazándola mientras él también llora. El pequeño Thomas observa y escucha lo que dice su madre, con la puerta entreabierta de la habitación. Thomas recuerda un día que pasaron en un hotel de vacaciones en familia. Recuerda que, en la noche, se escapó del hotel con Elise en la madrugada a una casa abandonada que estaba al lado del hotel, con tablones de madera tapiando las ventanas y las puertas. La casa estaba muy oscura y los niños querían investigarla. Ellos mismos se llamaban «patrulla Cooper», pues les gustaban los juegos de fantasmas y de criaturas de terror. Así se divertían los pequeños. Pero, después de estar poco tiempo en la casa, Elise y Thomas salieron asustados porque les pareció ver ojos blancos y rojos brillantes encenderse en la oscuridad, y recuerda escuchar un gruñido. Thomas y Elise se rieron de este suceso en el hotel. Pensaron que tendría una explicación lógica y que su imaginación les había jugado una mala pasada, suponiendo que serían unos gatos o algún animal que sus ojos brillaran en la oscuridad. Pero Thomas, al escuchar a su madre hablar de esos ojos, asoció su experiencia vivida en esa casa abandonada con lo que decía su madre. Lo de la casa abandonada es un recuerdo que se contará más adelante en RECUERDOS CON ELISE: LA CASA.

Unas horas después, Noah le prepara una cena a Phoebe con la esperanza de que su esposa coma algo y se recomponga. Cuando entra en la habitación, no puede creer lo que ve. Su amada esposa, la pobre Phoebe, se ahorcó en la habitación con sábanas. Apresuradamente, Noah va a descolgarla y descubre que Phoebe tiene cortes en sus brazos, lo que lo lleva a pensar que ya había intentado suicidarse con anterioridad. Noah no para de culparse:

—¿Cómo no me di cuenta? ¿Por qué no lo vi venir? ¡No, Phoebe!, ¿por qué lo hiciste? ¡Por qué!

Días después entierran a Phoebe al lado de su difunta hija Elise, que al no encontrar el cuerpo de la pequeña en la estación de tren es solo una lápida vacía.

¡Pobre Noah y Thomas! Ahora solo están ellos dos, padre e hijo, contra el mundo. El amigo y abogado de mucho talento de la familia Cooper, Andrew Wilson, investigó el caso de la pobre pequeña Elise, pero había cosas inexplicables e insólitas. ¿Se llevaron su cuerpo los criminales? O ¿ella aún seguía con vida y logró huir? Pero... ¿cómo lograría huir tan herida después de haber perdido la cantidad de sangre que había en el suelo del lavabo? ¿Cómo era posible que hubiera rastros de huellas de zapatos en sangre y a la vez heridas en los ancianos de garras y mordiscos de animal salvaje? Y no había rastro de movimientos de Elise; las huellas de sangre de los criminales no alcanzaban a llegar a la salida, ¿cómo salieron de allí?, ¿levitando? Andrew no pudo continuar el caso, no tenía pistas, nada con qué continuar, nadie vio nada, y Phoebe no habla del tema porque está convencida de que nadie la creerá. Se archiva el caso.

Noah se ve en la situación de cuidar del pequeño Thomas solo; piensa que sería sensato mudarse y crear nuevos recuerdos. Ve que su hijo se deprime, echa de menos a su madre y a su hermana. Animó a su hijo a hacer nuevos amigos en la escuela, crear una nueva vida y pasar página de la tragedia familiar.

Noah finalmente encuentra una nueva casa y se muda con su hijo a pocas calles más abajo, para así dejar atrás los últimos horribles acontecimientos vividos en la casa anterior. Thomas... merece una vida mejor.

II

Una nueva vida

Cuatro años después

A Noah no le ha resultado nada fácil salir adelante con Thomas. Al principio de esos cuatro años, Noah comenzó a beber *whisky* en las largas noches sentado en su escritorio, mirando por la ventana cuando ya su hijo dormía; a veces llovía, otras veces miraba las estrellas con el cielo despejado, siempre llorando y afligido por la pérdida de Phoebe y Elise, hasta que caía dormido de beber tanto alcohol. Noah se culpaba a sí mismo, pensando que podría haber sido un mejor marido y un mejor padre. Se torturaba pensando que debería haber hecho más. Pero, fuera como fuese, ya lo hecho está; no se puede regresar al pasado y cambiar las cosas, solo queda cuidar y sacar adelante al pequeño Thomas. Puede que no pueda cambiar el pasado, pero tiene la oportunidad de hacer algo bueno con el presente. Se acabó el alcohol y agachar la cabeza; «nos mudamos para crear una nueva vida feliz, y eso es lo que hay que hacer».

Finalmente, con el paso de los meses, consiguieron avanzar y crear con su hijo un ambiente agradable en una casa que compró en ruinas a propósito para restaurarla junto a él, y así crear un mayor vínculo con Thomas. Noah se convirtió desde ese entonces en un padre sobreprotector. No dejaba salir solo a su hijo, ni siquiera a la tienda cercana de su casa; lo iba a buscar al instituto, no lo dejaba salir con sus amigos, solo jugar en la hora del descanso en el instituto. Aunque tampoco era un carcelero, Noah hacía muchas actividades con su hijo: salían a cenar juntos, en vacaciones se iban de la ciudad, visitaban el museo, etc. Pero sabía que para su hijo era frustrante cada año que pasaba, y en alguna ocasión tendría que darle ciertas libertades, como salir con sus amigos, conocer gente fuera del instituto o incluso conocer a alguna joven para noviazgo. Así que llegó el cumpleaños de Thomas, cumpliendo diecisiete años, ya un adolescente, y su padre le dijo que podría salir cuanto quisiese a la calle, pero que a las diez estuviera siempre en casa.

Por fin se puede apreciar a un Thomas adolescente, de pelo hasta los hombros y vestido con ropa formal.

Por fin ya puede salir sin la compañía de su padre; se siente con más libertad, pero a su vez estaba muy solo, ya que poco a poco la amistad de sus amigos del instituto las había ido perdiendo tras nunca poder quedar con ellos fuera del instituto, y prácticamente no había ya vínculos entre sus vidas. Pero bueno, todo se puede empezar de nuevo.

Thomas comenzó a recorrer las calles para conocer locales y puntos de su interés. Entonces, vio un local de recreativos de máquinas arcade, y le recordó mucho a su madre, que trabajaba en una sala parecida. Thomas decide entrar en la sala recreativa para jugar con las máquinas. En una de las varias entradas del local, en la entrada principal, hay dos muchachos de similar edad a la de Thomas, llamados Wilkins y Arthur. Los chicos se fijan en él y murmullan entre ellos.

—Pero fíjate…, qué pinta de ricachón tiene ese tipo, ¿de dónde salen los pijos como ese? ¿De las propias máquinas recreativas?

—No me jodas… Ja, ja, ese capullo debe de tener mucha pasta, fíjate en sus zapatos.

—Qué cabrón, ¿no crees que ese pijo debería pagar la entrada al casino? ¡Vamos!

Los dos muchachos se acercan a Thomas y se presentan.

—Oye, niño de cuna, ¿qué tal lo estás pasando jugando a nuestras máquinas recreativas?

Y Thomas responde.

—¿Vuestras máquinas? Verás… no os conozco y no quiero problemas, por favor, dejadme en paz, solo he venido a jugar.

—Yo soy Wilkins y este es mi socio Arthur, ¡ya nos conoces, capullo! Ahora tienes que pagarnos por jugar a nuestras máquinas, ¿no te has enterado de que este es nuestro territorio? Bueno, no te cobraremos intereses por esta vez, pero tienes que pagarnos veinte libras ahora mismo.

Y su amigo añade.

—Sí, eso, veinte libras… a cada uno, vamos, sabemos que tienes pasta, ¿por qué no compartes? ¿Para qué narices quieres tú tanto dinero? ¡Solo tienes que ir a cagar y seguro que cagas cincuenta libras más, pijo!

Thomas decide ignorar a los maleantes y simplemente continúa jugando. Los maleantes se miran inseguros uno al otro por la clara ignorancia de Thomas hacia ellos. Wilkins, uno de los maleantes, al ver que Thomas los seguía ignorando, le agarró violentamente del suéter, haciendo que este se voltease hacia ellos y le asestase un puñetazo en la cara, haciendo caer a Thomas al suelo. Luego le cogió la cartera a Thomas para robarle cincuenta libras que llevaba en ella.

—¡Anda, mira! Lleva diez libras más, pues te cojo las diez como sanción por ignorarnos. ¡No te atrevas a volver a pasar de nosotros, mocoso de mierda! Y la próxima vez trae más dinero.

Diciendo esto, los dos agresores se van.

A pesar de los problemas que Wilkins y Arthur causan a Thomas, sigue volviendo al local en las tardes a jugar a los recreativos. Algunas veces logra esquivar a los gamberros, y otras veces… llega a su casa con sangre en la nariz o un ojo morado. A Noah no le gusta que su hijo llegue magullado de la calle; Thomas se molesta cuando su padre le pregunta qué ha ocurrido, pero a pesar de los intentos para comunicarse con Thomas, no quiere perder la confianza de su hijo por ser tan duro con él, así que pasó unos meses buscando un buen deporte de combate para que su hijo aprendiese a defenderse.

En la sala de recreativas, han puesto nuevas máquinas, y Thomas se pasa toda la tarde hasta el anochecer jugando. Por suerte, los maleantes no han estado allí en todo el día. Thomas empieza a sentirse mareado y con un fuerte dolor de cabeza tras haber estado jugando horas frente a las máquinas, sin costumbre de jugar tanto seguido. No puede evitar vomitar al lado de la máquina y se sienta desfallecido en el suelo, mareado, apoyando la espalda contra la máquina. Se cubre con la mano sus ojos cerrados, y de repente escucha una voz de chica que le ofrece una granizada diciéndole que le sentará bien. Thomas levanta la mirada y observa a la chica. Aparenta dieciséis años, es muy bonita, con tez blanquecina, de pelo rubio que le llega hasta sus hombros, ojos azules, lleva varios *piercings* en una de sus orejas, una gargantilla elástica fina, una sudadera blanca con el dibujo de la bandera de Inglaterra y con la palabra London en la parte superior escrita, un vaquero corto azul con efecto desgarrado, y unas zapatillas deportivas blancas y negras clásicas. Thomas se toma la granizada, y la chica le pregunta si ya se siente mejor, a lo que él le responde que sí. El chico le hace saber que le debe una granizada la próxima vez, y la chica rechaza su invitación añadiendo que ella no toma granizada, y que solo la compró en el puesto para dársela a él. Thomas le pregunta a la joven qué está haciendo sola en la noche, a lo que esta le responde que no está sola, viene con una amiga y ya se marcha. Thomas le pregunta cómo se llama antes de marcharse. La chica lo mira como si se sintiera cohibida de continuar la conversación, pero él vuelve a insistir en preguntarle su nombre. La chica lo mira sin decir palabra, muy reservada, y Thomas piensa que ha creado un momento incómodo, así que intenta hacerse el gracioso con ella diciéndole que no la va a morder, y que no es un zombi que come cerebros. La chica vuelve su mirada al suelo por unos segundos, sin hacerle mucha gracia el comentario del muchacho, pero levanta la cabeza y le sonríe por un instante con una sonrisa forzada, como si se esforzara por ser simpática. Unos segundos después, Thomas parece que va a decir otra frase chistosa, ya que la primera vez la hizo sonreír y funcionó, pero ella lo interrumpe diciendo:

—No es bueno para ti andar conmigo, es mejor que no vuelvas a saber de mí.

—¿Qué tiene de malo andar contigo? —pregunta Thomas, quedando confuso sin entender por qué le dice eso.

Thomas cuenta a la joven lo solo que se siente y que le cuesta hacer nuevos amigos. Solo tiene un primo que vive en Nueva York, donde únicamente lo ve en épocas de festividades navideñas. La chica lo mira con lástima y le revela su nombre.

—Me llamo Chloe Wade.

—Yo me llamo Tho…

—Lo sé, Thomas, salió en las noticias la tragedia de lo que le pasó a tu familia, lo siento mucho.

—¿Volveremos a vernos, Chloe?

—Sí, suelo estar por aquí al anochecer.

Los jóvenes se sonríen y Chloe se va. Thomas siente hormigueos en el estómago, y se le aceleró el pulso cuando ella le habló, parece que al joven Thomas le gusta Chloe.

III

¿Quién es Chloe Wade?

Thomas continúa yendo a las máquinas recreativas, pero durante dos días seguidos no encontró a Chloe allí, solo a los dos macarras Wil y Art, pegándole y quitándole el dinero.

Thomas ya está cansado de que Wil y Art se metan con él constantemente, y comienza a sentirse frustrado, pero siente miedo a los enfrentamientos. Es un chico hogareño, no ha tenido peleas nunca.

En la tarde del día siguiente, Thomas lleva consigo un *spray* que contiene alcohol para echar a los ojos a los abusadores y así poder salir corriendo. Se niega a que vuelvan a pegarle más. Al anochecer, los maleantes regresan, y Thomas se pone firme, diciendo que lo dejen en paz. Los abusones se ríen de Thomas y se acercan a él, amedrentándolo. Thomas, muy nervioso, intenta sacar el *spray* de su bolsillo muy torpemente y se le cae al suelo. Los macarras lo ven y le preguntan a Thomas qué pretende hacer con eso, y él huye lo más rápido que puede. Los abusones lo persiguen durante unos intensos cinco minutos, llegando al puente del río Támesis a largas horas de la noche. Thomas se queda sin aliento y los abusones logran alcanzarlo, empujándolo contra la pared del puente. En ese momento llega Chloe, empujando a Wilkins con mucha fuerza, haciéndolo volar a dos metros de distancia. Luego sujeta a Art por el pescuezo, llevándolo contra la pared con una sola mano y dejándolo inmovilizado. Los chicos quedan muy atónitos, y Chloe les advierte:

—No volváis a tocarle, ¡marchaos de aquí!

—Tranquila, chica, solo estábamos jugando, somos todos amigos.

—Uhm. Si sois sus amigos, ¿no deberíais tratarlo mejor?

—Sí, totalmente de acuerdo, a veces nos pasamos con las bromas, pedimos disculpas, ya nos veremos, adiós —dice Art estremecido.

Thomas queda boquiabierto con las habilidades de la chica y grita eufórico:

—¡Eso ha sido alucinante! ¿Cómo lo has hecho?

—No fue nada, ya he tratado con gente así antes.

—¿Pero cómo tienes tanta fuerza? ¡Si eres una chica!

—Sí… —responde ella.

Thomas queda unos minutos exaltado, hablando frenético de lo alucinado que está por lo que vio hacer a la joven. Ella se muestra halagada y modesta a la vez mientras escucha sus palabras. Poco después se encuentran paseando tranquilamente, atravesando el puente Támesis. Ella de pronto nota como si hubiera presencias observándolos cerca y cambia espontáneamente su rostro, expresando incertidumbre y preocupación. Mirando a muchos lados como si tratase de localizar algún peligro en las alturas del alrededor, Thomas la mira confuso y pregunta si se encuentra bien. Entonces ella clama a Thomas que corra sin mirar atrás. La chica lo agarra de la mano y empieza a correr a una velocidad a la cual Thomas piensa que casi está siendo arrastrado en el aire por ella; nota que sus pies casi no tocan el suelo y van a velocidad vertiginosa. El chico echa la vista atrás y ve a dos vampiros con ojos amarillos brillantes, que los persiguen saltando y columpiándose entre las estructuras metálicas a altas alturas del puente. Los vampiros se ríen y disfrutan persiguiéndolos y asustando al chico.

Cerca del río, a poca distancia, se encuentran Wilkins y Arthur fumando a escondidas, y divisan de lejos, quedando atónitos, a los chupasangres persiguiendo por el puente a los jóvenes que huían a una velocidad nada natural. Wil comenta a su amigo:

—¿Pero qué…? ¡¿Qué es eso?! ¡Por Dios, Art! ¿Qué llevan estos cigarrillos?

—No sé, colega. Te juro que se los cogí del bolsillo de la chaqueta a mi padre esta mañana.

Wilkins observa el cigarrillo, analizándolo, y comenta sosegado:

—Pues… tu padre lleva buena marcha, eh.

Chloe es más rápida que los atacantes y logra dejarlos atrás, y lleva al chico a un pequeño apartamento. Se encierran allí mientras le advierte a Thomas:

—No los invites a entrar, ¡digan lo que digan!, ¿vale?

Thomas asiente con la cabeza, muy nervioso, y Chloe trata de calmarlo.

—No te preocupes, aquí no pueden hacernos daño.

Un rato después de mirarse sin decir nada mutuamente, Thomas comienza a hacer preguntas, como quiénes eran y qué eran, y quién era ella, cómo tenía esas habilidades. Ella le ofrece un vaso de agua, y Thomas le cuenta lo que vio en una casa abandonada cuando era pequeño. Esto es lo que ocurrió…

IV

Recuerdos con Elise: la casa

Medio año antes de la muerte de Elise, la familia Cooper se dispone a prepararse para ir de vacaciones a un hotel. Thomas discute con Elise la noche anterior antes de partir de vacaciones. Discuten porque Elise dice que un oso tiene más fuerza que un león, y Thomas dice que el león tiene más fuerza que el oso.

A la mañana siguiente, la familia se dirige al hotel, disfrutando de un gran día de comienzo vacacional en otra zona de Londres. El hotel tiene piscina y un buen comedor. Llegada la noche, que promete ser algo tormentosa con lluvia y algunos truenos, los niños hablan en una habitación del hotel de una casa que parece estar abandonada que habían visto cerca del hotel y deciden jugar a ser cazadores de monstruos, llamándose a sí mismos «patrulla Cooper», colocándose ambos un cinturón con linterna, unos abrigos para protegerse de la lluvia y unas máscaras de plástico con forma de duende. Los niños escapan a hurtadillas del hotel, descendiendo desde una ventana del pasillo de la primera planta por una tubería. Mientras descienden, Elise resbala a causa de la lluvia, deslizándose bruscamente por la tubería, cayendo de culo al suelo, ensuciándose el pantalón y parte del abrigo. Su hermano la ayuda a levantarse y se acercan a la casa. La casa produce escalofríos en la noche. Parece que hubiese habido un incendio dentro de la casa hace tiempo. Los niños entran por los huecos de los tablones que tapan la casa y encienden sus linternas. La casa está llena de bichos, con mobiliario roto y la madera podrida. Se puede escuchar cómo se filtra el viento entre los huecos de los tablones y las gotas de una lluvia que va cogiendo cada vez más fuerza. La madera antigua de la casa cruje como si alguien la pisara. Elise ve una bonita caja de música media quemada en uno de los muebles que aún se sostenían en pie. Le dio vueltas a una pequeña manivela de la caja y se abrió sonando una linda melodía, con la clásica figura de bailarina girando sobre sí en el centro, y detrás de la bailarina había un espejo. Una rata sale del mueble asustando y sobresaltando a los niños. La rata corre tan ágil que los niños no logran seguirla con las linternas para ver hacia dónde se esconde. Y cuando Elise vuelve a mirar a la bailarina danzar, se da cuenta en el espejo de que al fondo del cuarto se pueden apreciar unos ojos rojos brillantes, como observándolos en la oscuridad. Elise grita con mucha fuerza, lanzando la linterna a un lado y asustando a Thomas, que tropieza y cae, golpeándose en la cabeza con un tablón en el suelo y también cayéndosele su linterna tras el golpe de la caída. Elise escapa de la casa apresuradamente, saliendo por los huecos de las tablas que cubren la entrada, creyendo que su hermano la seguía detrás de ella. Al llevarse la sorpresa de que su hermano aún está en la casa, ella mira asustada hacia los tablones, haciendo gestos de nerviosismo con las manos, apretando una con la otra, desesperada por ver salir a su hermano. Thomas se encuentra en el suelo y ve cómo unos ojos rojos se acercan como para atacarlo con un ligero rugido. Apenas puede ver nada, solo ve que aparecen otros ojos blancos brillantes como si de dos animales se tratase, moviéndose delante de él sin poder lograr distinguir lo que estaban haciendo. Thomas se levantó y salió de la casa por los huecos de los tablones, corriendo hacia su hermana, que aún lo esperaba en la entrada. Elise, cuando ve salir a su hermano, siente alivio después de pasar un momento de angustia. Ambos, asustados, corren al hotel empapados a través de la lluvia.

Una hora después de asimilar lo que había pasado, los niños comenzaron a reírse de lo sucedido; se insultaban entre ellos, llamándose miedoso y gallina mutuamente, y sacaron conclusiones de que seguro había una explicación lógica para lo ocurrido en la casa. Esa noche durmieron con la luz encendida y asustados.

V

La revelación

Thomas termina de contarle la historia que vivió en la casa abandonada. Ya está más calmado, pero tiene curiosidad por las habilidades de Chloe. Piensa que tiene que haber una explicación. Entonces comienza a invadirla de preguntas de nuevo, y ella suspirando le responde frustrada:

—Eres curioso y tienes tus razones; ¿qué quieres saber exactamente? Soy una vampira, pero no soy como ellos. Yo no mato por placer, solo mato para comer o a gente enemiga. No debería estar tanto contigo. No me permiten encariñarme de humanos. Fuiste testigo de ver un vampiro en la casa abandonada, y hace tiempo que quieren matarte y me enviaron a hacerlo. También me enviaron a ejecutar a los dos vampiros que nos perseguían en el puente. Van por libres, exponiendo a nuestra raza, y es una regla que no se ignora deliberadamente. Podría haberlos matado, pero tú habrías estado en peligro.

—¿Vas a hacerlo? ¿Vas a matarme?

—No, he estado haciendo todo cuanto puedo por protegerte y mantenerte con vida, pero no puedo hacerlo eternamente; te cazarán tarde o temprano.

Chloe se calma y pregunta al joven, con tono de inseguridad, si aún le sigue gustando, a pesar de saber lo que realmente es, y el chico, sin dudarlo, contesta que sí. Chloe extiende su mano hacia Thomas y le pide que confíe en ella. Sin demoras, el chico se deja tomar de la mano y parten volando juntos por la ventana. Sobrevolaron los grandes monumentos históricos de Londres, como el lugar de nacimiento de la reina Victoria en el palacio de Kensington, construido en el siglo XVII. Sobrevolaron también el palacio de Westminster, el cual se incendió y fue reconstruido en 1840. Volaron por encima de la catedral de San Pablo y continuaron sobre varios lagos, entre ellos el lago Serpentine, y finalmente pararon la ruta en Big Ben, más conocido como la Torre del Reloj. El chico le pide a la joven, muy ilusionado, si pueden descender al tejado de la Torre del Reloj y sentarse allí. Una vez sentados, Thomas vuelve a abrirse con ella emocionalmente y comienza a hablar sin parar de lo alucinado que está. Ella sonríe con cierta satisfacción al saber que el chico se divierte mucho con ella y se siente admirada. El chico no sale de su asombro, y mientras habla y habla, Chloe lo calla besándolo por sorpresa, creando un vínculo emocional con el chico, que a su vez no puede evitar sentirse atraído por ella. Después del primer beso de sus vidas, Thomas repite y continúa besándola.

Al amanecer, se encuentran Wil y Art boquiabiertos, observando un supermercado abandonado y polvoriento, con un par de carros de compra en la entrada. Wil y Art habían seguido a los dos vampiros esbirros del puente hasta allí, donde los individuos entraron a esconderse hasta el amanecer. Mientras seguían a los vampiros en la noche, los amigos vieron cómo los vampiros atacaban a un caballero y le mordían el cuello. Los chicos, habiendo descubierto que los vampiros existen, se vieron obligados a hacer algo por detener a estos seres que causan atrocidades por la ciudad, y se les ocurrió la extravagante idea de verse a sí mismos como matavampiros. Art, que ha visto muchas películas de culto de terror, comenta que los vampiros son chamuscados por el sol, y a esos dos vampiros idiotas les podrían preparar una trampa para matarlos fácilmente, colocando planchas sueltas en distintos puntos del tejado del supermercado abandonado; al amanecer, mueven las planchas destapando los huecos del tejado, haciendo que entren los rayos del sol y queden como salchichas fritas.

Los amigos aficionados y motivados deciden, convencidos, proteger a su gente de los diabólicos vampiros.

Los dos amigos van a casa de Art para coger las provisiones y armarse. Se ponen unas gafas de sol de tipos duros, camisetas de tiras; la camiseta de Wil , color blanca, y la de Art, color negra, y pantalones de soldados. Wilkins observa, confuso y sorprendido, a Art, porque de repente coloca una motosierra mediana que tenía en el garaje de su padre en la mesa para llevársela, y comenta:

—¿A dónde vas con esa cosa?

—Las armas grandes hacen que me sienta seguro, colega. Vamos a matar a nosferatus, no a un chihuahua.

—Ya que hablas de protección… ¿por qué no te llevas mejor un bazuca? —dice Wil con sarcasmo.

—Bueno… no tengo bazuca… Pero toda seguridad es poca.

En ese momento los sorprende el padre de Art, que viste con traje de negocios y con una taza de café mañanero en la mano antes de ir a trabajar, pillándolos infraganti con la motosierra, y les comenta, patidifuso:

—¿Qué hacéis con mi motosierra? No se juega con mis herramientas, eso es muy peligroso, chicos.

Y Art responde nervioso:

—Papá… Verás, no estamos jugando, es para un trabajo de carpintería en la universidad.

Wil corrobora falsamente el argumento de Art:

—Sí, eso es… sí, señor, para un trabajo de la universidad.

—¿Ustedes van a la universidad?

«El padre de Art es la clase de hombre de negocios que piensa que hace un buen trabajo como padre manteniendo a su hijo económicamente, pero no está pendiente ni muestra interés de lo que ocurre en la vida de su hijo».

Su padre los observa unos segundos dudando, y comenta sonriendo con tono nostálgico:

—¡Qué diablos! Mi hijo ya es universitario, estoy muy orgulloso de ti, hijo, ¡agarra la vida por los cuernos!

Mientras el padre de Art se despide y se va a trabajar, los dos amigos se miran pasmados por pensar que el padre de Art es un ignorante que se ha tragado lo que le han dicho. Los chicos hacen pose de soldados, con sus gafas puestas y con caras motivadas, con expresiones de estar concentrados. Art bautiza al dúo con el nombre de:

—¡Somos… los guerreros mojados!

En ese momento, Wil se quita las gafas, molesto por el nombre que ha sugerido Art.

—¡Joder, Arti! ¿Es que no eres capaz de tomarte nada en serio? ¿Qué relación tiene ese nombre con nosotros?

—Yo no sé tú, Wil , pero yo ayer, cuando vi al vampiro morder a aquel señor, me oriné encima. El nombre tiene mucho potencial, porque el miedo es nuestro mejor aliado y nos mantiene alerta y con vida, sobre todo cuando nos avisa de que es mejor correr.

De acuerdo con el mediocre argumento de Art, los dos juntos gritan entusiasmados:

—¡Los guerreros mojados!

En esa misma mañana, Noah se siente preocupado y enfadado con Thomas. Las primeras semanas llegaba magullado, y la noche anterior llegó de madrugada a casa. Noah le exige al muchacho que le cuente lo que le está pasando y por dónde está parando a largas horas de la noche. Su hijo le grita molesto que lo deje en paz, y Noah vuelve a insistir en hablar. Le dice que no está dispuesto a perder al único hijo que le queda, pero Thomas se enfurece y le grita a su padre:

—¡¿Dónde estabas tú?! ¡Cuando ocurrió lo de mamá y Elise! ¿Por qué no las protegiste? ¡Mamá se suicidó delante de ti! ¡No sabes proteger a tu familia! ¿Cómo vas a protegerme a mí? ¡Es culpa tuya, todo lo que ocurrió es culpa tuya! ¡Tu deber como padre y marido era impedir que les ocurriera algo!

Noah arremete dolido contra las hirientes palabras de su hijo, abofeteándolo.

Thomas mira a su padre arrepentido y le pide disculpas, su padre lo abraza inmediatamente y los dos rompen a llorar.

VI

Codo con codo

Al anochecer, Wilkins y Arthur se disponen a aprovechar que los vampiros abandonan su paradero para preparar la trampa en el tejado, dejando planchas y tablones listos para retirarlos en cuanto amanezca. Una vez colocada la trampa, esperan escondidos a unos metros de distancia a que regresen los vampiros a esconderse dentro del lugar.

Los vampiros llegan y se introducen en el lugar. Los hermanos esperan unas horas, cuando ya es completamente de día y brilla el sol con fuerza. Ahora es el momento de atacar a los monstruos. Se suben al tejado, haciendo un poco de ruido entre los tablones sueltos. Miran por los huecos a ver dónde se hallan para quitar las planchas y que les dé directa la luz del sol. Y de pronto una plancha cae dentro del lugar y Wilkins cae también. Su compañero le pregunta si se encuentra bien, a lo que Wil responde que sí. También le pregunta qué ve a su alrededor. Wil no puede ver mucho. Ve una línea de cajas de cobro llenas de polvo, estantes llenos de productos caducados y unas entradas que ponen «almacén» y «personal». Saca un cuchillo grande que había cogido de la cocina de su casa y se pone en guardia para protegerse mirando a su alrededor, y antes de decir que estaba todo oscuro, un vampiro se abalanza sobre Wil de un salto hacia sus espaldas. El chico, invadido de pánico, hace aspavientos hacia atrás con la mano que sujetaba el cuchillo y le clava el cuchillo sin mirar en la cara al monstruo, y el vampiro lo suelta mientras comienza a sacar humo y retorcerse de dolor. ¿Cómo es posible que saque humo el vampiro si no le dan aún los rayos del sol? Art, observando todo desde arriba, se da cuenta de que el cuchillo quemó al vampiro, y le pregunta a Wil :

—¡El cuchillo daña al vampiro! ¿Lo has bendecido?

—No, solo son unos cuchillos de plata que mi madre compró en la teletienda llamando al número que ponía en el televisor.

—¡La plata les hace daño!

El otro vampiro se deja ver atacando de entre las sombras a Wil , posicionándose tras él, inmovilizando a Wil con una sumisión, colocando un brazo hacia su espalda y agarrándolo por la garganta. A Wil se le cae el cuchillo de plata. Arthur, al ver que su compañero está en peligro, salta adentrándose en el supermercado al rescate de su amigo, pero, patosamente, al caer, se le pone en marcha por accidente la motosierra y se serrucha, hiriendo su propia pierna. No está gravemente herido, pero le cuesta caminar con agilidad. El vampiro golpea a Art con fuerza, lanzándolo contra su compañero y el otro vampiro. Wil logra liberar su mano y saca otro cuchillo que, con fuerza, clava en la pierna del vampiro que lo sujeta, liberándose de este. El otro vampiro sujeta por la garganta a Art, levantándolo con los pies colgando en el aire, y muerde al chico levemente, dejándolo con vida. Entonces Art lanza la motosierra cerca de Wil , diciéndole que con la motosierra serruche el techo, haciendo caer todas las planchas sueltas de la trampa. Wil empieza a dar saltos y a serruchar las planchas, haciendo zarandeos con la motosierra mientras le caen escombros y polvo encima. Luego, el vampiro que estaba detrás de Wil , intentando sacarse el cuchillo de plata de la pierna y quemándose también las manos, fue expuesto al sol y empezó a arder en llamas. Wilkins ve a su amigo moribundo que el vampiro sujeta por la garganta, y el vampiro ríe diabólicamente, diciéndole a Wil :

—¡Vamos! ¿Por qué no continúas tu trabajo de mierda para que me dé el sol y ver a tu amigo arder conmigo, mocoso?

Wil no quiere hacer arder a su amigo, así que saca un trozo de platina de una caja de chicles del bolsillo y dirige el rayo de sol reflejándolo con la platina a la mano del vampiro, haciendo que Art sea liberado. La mano del vampiro se envuelve en llamas por un momento. Wil se apresura arrastrándose hacia Art para ponerlo a salvo en las zonas en las que entra la claridad del sol. El vampiro se encuentra entre la espada y la pared, y solo ruge y gruñe de rabia a Wil . Mientras le dice al vampiro que se vaya al infierno, continúa serruchando el techo hasta exponer al vampiro al sol, haciéndolo arder igual que el anterior.

Agotado y magullado, Wil se sienta, apoyándose en un tablón y dejando reposar la cabeza de su moribundo amigo sobre sus piernas, diciéndole que resista y que lo conseguirá. Art se está desangrando rápidamente por la mordedura en el cuello, y en segundos morirá. Desea despedirse de Wil .

—Mierda, Wil , tengo frío, amigo, he... hemos sido un equipo cojonudo, protegemos a nuestra ciudad, ¿verdad?

Diciendo estas palabras entre balbuceos, se apaga la vida de su amigo.

—¡Artiiii! —grita Wilkins, sintiendo el dolor emocional por perder a su mejor amigo.

Wilkins pasa el día angustiado en un banco cerca de un lago central en Londres. El chico está magullado, sucio, con los pantalones manchados de sangre de Art, y completamente lleno de polvo y escombros que caen del tejado tras derribar la plancha con la motosierra. El chico susurra afligido:

—Arti, querido amigo, decías que el miedo es el mayor aliado, lo que nos pone en alerta y hace que corramos si hay mucho peligro, pero tú bajaste como un verdadero guerrero a rescatarme y acabaste muerto por mi culpa. Voy a matar a todos los vampiros de mierda que pueda. Nunca te olvidaré, compañero.

El chico se asea en el lago y se limpia toda la sangre que puede de los pantalones para que no lo confundan con un criminal. Una vez aseado, vaga por la ciudad. Un chico con apariencia de diecinueve años le silba desde un garaje y le pregunta si se encuentra bien, y si necesita que avise a un médico o a un familiar, dada las pintas que tiene. Wilkins lo mira con pocas ganas de hablar, y el chico que parece estar reparando un coche en el garaje le pregunta a Wilkins:

—¿Quieres ver qué le pasa a este coche?

—No sé, ¿qué le falta? ¿Gasolina? —responde Wil al azar.

—Tienes sentido del humor, pero no es gasolina lo que le falta. Lo que le ocurre es que necesita unos recambios y quedará como nuevo. Igual que tú, necesitas un recambio de ropa y comer algo. Me llamo Éric, pasa a mi casa si quieres, hay comida y puedo darte algo de ropa. Mi padre no llegará hasta dentro de unos días. Solo vine a Londres a hacerle el favor de cuidar su casa.

Wil entra en la casa y el chico le da comida y ropa limpia. Luego de hablar un rato y conocerse mejor, Éric le comenta a Wil que lo había visto por la mañana con otro muchacho sobre el tejado del supermercado abandonado y que escuchó como rugidos de animal que no lograba reconocer. Wil le pregunta a

Éric si cree en vampiros. El chico le respondió que en Brooklyn tuvo una experiencia de ser perseguido por un hombre extraño entre unos callejones después de haber visto que había mordido a alguien en el cuello, y escapó por poco. Así que Wil le cuenta largo y tendido lo ocurrido en el puente Támesis y lo del supermercado, y que ahora se dedicará a matar vampiros para proteger la ciudad.

Éric se une a la causa de Wil , pero recalca que en una situación de vida o muerte necesitan una planificación. Por ejemplo, si los vampiros muerden cuellos, pueden usar algún collarín metálico creado con chatarra del garaje de Éric, y Wil sugiere utilizar plata. Éric comenta que su abuela vendía cuberterías de plata antes de fallecer, y en el desván de la casa tenía cajas de mercancía de los cubiertos que no llegó a vender. Pueden utilizar metales de chatarra y fundirlos para crear un equipo de protección para los uniformes y armas como estacas, con la idea de bañarlas en plata.

Después de crear entre ambos un uniforme de equipo, le pregunta a Wil:

—Bueno, necesitamos un nombre, ¿no es así?

—Nos llamaremos… los guerreros mojados. Y sé por dónde empezaremos la misión. Hay un chico que acostumbra a estar con una chica en las noches, y creo que es una de ellos. Lo investigaremos.

—Vaya… lo que tú digas, pero ¿qué sentido tiene ese nombre?

—Primera norma: si la cosa se pone fea y se sale de madre, corremos. De nada sirve hacernos los héroes y morir. ¿Entendido? —dice Wilkins, concluyendo la conversación.

VII

El eco del pasado

Thomas observa que su padre tiene una tos horrible acompañada de sudores y le pregunta si ha acudido a algún médico. Su padre le cuenta que ha acudido a un médico y, con mucho tacto, le dice que todo en la vida tiene un final, es naturaleza, todo perece. Noah tiene una enfermedad incurable y no le queda mucho tiempo de vida; le explica a su hijo que ha realizado un testamento para que se quede con el dinero y la casa. Thomas no puede creer que su padre, su último miembro paterno, vaya a fallecer, y se siente fatal por las cosas horribles que le dijo, culpándolo de las muertes de su madre y Elise.

Thomas va al apartamento de Chloe al anochecer, le cuenta lo sucedido y, desesperado, le ruega que transforme a su padre. Ella le dice que no es una buena idea, por varios motivos: en primer lugar, no puede crear cantidades de vampiros sin control para no haber una gran población; entre más vampiros haya en la tierra, más peligra el anonimato. En segundo lugar, las células de una persona gravemente enferma no son lo suficientemente estables para lograr pasar la conversión; no se transformaría. Y, en tercer lugar, las conversiones, si no desean ser mordidos a voluntad, son distintas en cada ser. Algunos quedan con recuerdos y vínculos de la identidad humana, que fue lo que le pasó a ella, pero, aun así, no sería el padre de Thomas; esa alma partiría, aunque la identidad vampírica crea que es el mismo ser, no lo es. Otros, cuando se transforman, no tienen vínculos con la identidad humana y se transforman en puros vampiros salvajes, sin remordimientos ni conciencia humana.

Thomas se empeña, a sabiendas de lo que Chloe le ha dicho, que, por favor, intente transformar a su padre. Ella parece que tiene algo que contarle a Thomas y le dice:

—Hay algo que debes saber, Thomas.

Chloe va al armario y le muestra a Thomas un zapato. Thomas se queda extrañado y recuerda que su madre llevaba unos iguales el día de la muerte de Elise. Thomas queda sorprendido cuando se da cuenta de que Chloe estuvo presente el día de la muerte de Elise. Thomas le grita:

—¡Tú mataste a mi hermana! ¿Cómo pudiste hacerlo?

A lo que Chloe, casi inexpresiva y calmadamente, le responde:

—Yo no la maté.

—¡Sí, la mataste, eres una asesina!

—No, no la maté, la convertí.

Chloe comienza a hablar utilizando una actitud de empatía cognitiva para calmar a Thomas y poder controlar la situación, mientras le explica con tacto y tono suave que pudo haber matado a su hermana en el lavabo, pero no lo hizo. Si la hubieran atacado algunos de los vampiros de la estación, no tendrían la intención ni el poder para convertir a Elise, porque son vampiros de muy bajo rango; no poseen el poder de transformar a otros y la hubieran matado. También expone que ella no conoció a Thomas la noche de las máquinas recreativas, pues ya lo había visto en la casa abandonada cuando era pequeño. Chloe era una de las identidades que estaba presente la noche que Elise y

Thomas entraron en la casa abandonada, pero no era la única identidad vampírica que había en la casa. El atacante de ojos rojos no era Chloe. La otra identidad era un vampiro maestro de alto rango, que adiestraba a Chloe para que en un futuro dirija y controle Inglaterra. Quedan cuatro jefes de seis en el mundo. Los otros dos cayeron en la Edad Media en una trampa de espejos donde los templarios dirigieron la luz del sol contra ellos. Ahora precisan de un vampiro maestro para tener el control de Inglaterra. Controlar el orden entre los vampiros esbirros no es fácil; muchos vampiros esbirros no son muy listos y actúan sin control, como los del puente de Támesis, y hay que tenerlos bajo control para permanecer ocultos en el anonimato. Cada vez que hay una revolución o un escándalo en un territorio, es más fácil pasar desapercibido. Y ahora, con el movimiento punk creando distracciones con bandas y rebeliones, es un buen momento para introducirse los vampiros en Inglaterra, como también pasó en Francia con la revolución, y así expandirnos por todo el mundo. Con el fin de provocar una futura y aún lejana guerra contra los humanos, donde no tendrían ninguna oportunidad de ganar, y usarlos de esclavos y ganado.

Thomas, emocionalmente inestable, no entiende bien las clases de vampiros que Chloe mencionaba y quién era ese maestro de la casa abandonada. Chloe explica a Thomas que los vampiros existen desde hace milenios, y ella desconoce su origen. Hay tres clases de rangos de vampiros, y el rango se mide por sus poderes. Los esbirros son los de bajo rango, el esbirro tiene ojos amarillos, el poder de la fuerza sobrehumana y tienen supersalto, pero no pueden subir de rango. Los vampiros guardianes son como Chloe de medio rango, tienen ojos de color blanco, y los mismos poderes que los esbirros, con la diferencia de que su fuerza es mayor, pero también pueden desvanecerse en la oscuridad entre las sombras y aparecer en otro lugar sombrío y oscuro. Pueden convertir a las personas en vampiros, eligiendo transformarlos en esbirros o guardianes. Y los maestros, que son pocos entre ellos, son los líderes de los territorios, tienen color de ojos rojos, pueden hacer lo mismo que los rangos mencionados anteriormente y también pueden moverse a una supervelocidad que el ojo humano cree que desaparece de un lugar para aparecer en otro. También pueden hipnotizar y transformar a guardianes en maestros, aunque no sean líderes como tal, y cuando se transforman pueden convertirse en vampiros más monstruosos y más poderosos con enormes alas y la apariencia de un murciélago gigante monstruoso. Para los vampiros es importante que haya los maestros necesarios en cada territorio para no tener conflictos entre ellos, y así prosperar la paz entre los vampiros, aunque desde luego hay vampiros solitarios vagando por la tierra por libre.

Thomas, con un ritmo cardiaco acelerado y una expresión en su cara de asustado, intenta asimilar todo lo que Chloe le cuenta, y le hace varias preguntas, como dónde se encuentra su hermana, o quién es en realidad Chloe, y cómo acabó convirtiéndose en vampira.

Chloe asegura a Thomas que verá a su hermana, y le confiesa que nunca ha tenido intención de hacerle daño, y que en la casa abandonada salvó a Thomas y a Elise del ataque del vampiro jefe haciéndole un placaje lateral en el aire en el momento del ataque… ¿Por qué salvaría Chloe a dos niños que no conocía de nada? Chloe se acerca a Thomas, y acerca su mano a la de él y roza con su dedo índice la mano de Thomas, esperando la correspondencia de que le cogiera la mano, así que finalmente se toman de las manos y le dice a Thomas:

—Thomas, ¿quieres saber lo que me pasó?

VIII

La conversión

Nos situamos en el año 1897 en Nueva York. En un alto edificio cerca de Central Park vive la Sra. Wade, una mujer viuda y adinerada. Su marido falleció después de que tuvo un accidente tropezando por unas escaleras, y como resultado del accidente quedó completamente inválido de cintura para abajo, sin poder mover las piernas. Luego de una larga depresión, causada tras enterarse de una falsa noticia de que su esposa le era infiel, noticia traicionera que le dio su amigo Alan, un amigo en el que confiaba, con la intención de que se divorciase de la Sra. Wade.

El Sr. Wade se suicida, cortándose las venas, y dejando una carta escrita el día de su suicidio, argumentando la infidelidad de su esposa y las inseguridades de pensar día tras día que ya no lo amaba por estar inválido y ser un inútil. Abrumado por los demonios de sus pensamientos, decidió quitarse la vida, pensando que así ya no sería más un estorbo para su esposa ni para su familia. No dio nombres en la carta de quién se le había dado la noticia de la infidelidad de su esposa, pero la Sra. Wade supo poco después por gente allegada a la familia que Alan andaba diciendo totalmente borracho en un bar que frecuentaba que el Sr. Wade no se merecía a su esposa, y que la Sra. Wade debía haber sido su esposa y de nadie más, diciendo esto en repetidas noches después de beber mucha cerveza.

Pocas semanas después de la muerte del señor Wade, Alan visita a la Sra. Wade, argumentando que no tiene por qué estar sola, que él puede consolarla, y que es un honor cuidar de ella y de los niños del que ha sido su mejor amigo. Alan recalca que está preocupado y que necesitan un hombre en casa. La Sra. Wade mira con indignación a Alan y lo abofetea con rabia, diciéndole que es un embustero y que él mató a su marido, y le prohibió acercarse a ella o a su familia nunca más.

Tres días después, al amanecer, Alan amanece junto a una mujer, tirado en la calle, en un callejón. Ambos muertos, desgarrados y desangrados, cerca del bar que frecuentaba. Según cuentan algunos ciudadanos, la mujer era una alcohólica que solía tontear con Alan las últimas dos noches antes de que los asesinaran. El primer y único evento de asesinato extraño hasta la fecha, como si un animal gigante anduviera en la ciudad despedazando a unos ciudadanos.

La Sra. Wade tiene tres hijos, frutos del matrimonio de su fallecido marido. Su hijo mayor, Johnny Wade, de veintiséis años, ya casado y conviviendo con su esposa y un bebé en camino. La segunda hija es Chloe Wade, de trece años, y el más pequeño es Benjamin Wade, de nueve años. Benjamin tiene una enfermedad muy rara y degenerativa en su sistema respiratorio. Este tipo de enfermedad tiene muy poca esperanza de vida. Quizás podría llegar a cumplir los diecisiete años o quizás no.

Chloe siempre está cuidando de su hermano. Es una niña alegre, risueña y sana. Le encanta también pasar tiempo con su madre, le encanta que su madre le cuente cómo conoció a su padre una y otra vez, y su madre le contaba lo felices que eran, lo romántico, dulce y generoso que era su padre en vida.

Unos meses después, la Sra. Wade comienza a mantener una relación con un caballero de origen ruso llamado Nicolae Volkova, un hombre alto, de ojos azules, de pelo rubio y largo hasta los hombros. Nicolae lleva poco tiempo en Nueva York, pero sabe defenderse con el idioma, y comienza a vivir en casa de la familia Wade y sus dos hijos. Nicolae trabaja por el día, y por la noche regresa a casa.

En la madrugada de una fría noche de invierno, Chloe se desvela y se levanta de la cama descalza para ir al cuarto de baño a orinar, que se encuentra al final del oscuro pasillo, pero en medio del pasillo se encuentra el dormitorio de su madre, con la puerta entornada, y ve a Nicolae con su madre a la luz de algunas velas, susurrándole cosas bonitas al oído y besándole el cuello y los hombros mientras la Sra. Wade se siente relajada. Chloe se sonríe y piensa que no es apropiado continuar observando sus intimidades, y continúa su camino hacia el cuarto de baño. Cuando terminó de orinar, Chloe se mira al espejo y se acaricia un mechón de pelo. Y con una sonrisa comienza a decir en voz baja:

—Qué sombrero tan elegante lleva, Sr. Prescott. Oh, ¿esas rosas son para mí? Qué detalle tan romántico —dice Chloe con una risa coqueta, tratando de reír sin que la escuchen, ensayando en el espejo mientras imagina que coquetea con un tal Prescott.

Entonces, Chloe escucha un grito que parece ser de su madre y se sobresalta asustada en cuanto lo escucha, y de repente todo queda en silencio. Chloe comienza a caminar despacio y asustada por el pasillo hasta llegar al dormitorio de su madre. No puede creer lo que está viendo. La joven se queda perpleja y horrorizada al ver a Nicolae transformado en un vampiro robusto, con alas grandes y ojos rojos, chupando la sangre del cuello de su madre. La chica queda paralizada. Aún el vampiro no se ha percatado de su presencia, y la joven sigue mirando detrás de la puerta entornada. Chloe va a empezar a reaccionar para huir a hurtadillas y ve a su hermano Ben en el pasillo al darse la media vuelta. Ben, frotándose los ojos para despejar la vista nublada de sueño, pregunta en voz alta.

—¿Qué ha sido ese ruido, Chloe? ¿Qué ocurre?

El monstruo, escuchando a Ben, dirige su mirada a la puerta entornada y logra ver el rostro de Chloe observándolo. Entonces el monstruo lanza un rugido y vuela hacia atrás, rompiendo la ventana y desapareciendo en el acto, mientras el cuerpo de la Sra. Wade queda en el suelo sin vida.

Chloe coge a Ben entre sus brazos y corre hacia el otro extremo de la casa, dirigiéndose a la puerta para salir y pedir ayuda a algún vecino. Cuando llega al salón, justo donde está la puerta, el monstruo irrumpe en el salón atravesando el ventanal y destrozando todo a su paso mientras persigue a los niños. Chloe se da la vuelta para huir del monstruo hacia el lado opuesto, pero este consigue agarrarla por la pierna, haciéndola caer al suelo. Ben se queda mirando petrificado, llorando y asustado. Chloe mira a su hermano, sabiendo que ella ya no tiene posibilidades de escapar del monstruo, y grita:

—¡Corre, Ben, márchate de aquí!

Su hermano corre a su dormitorio, cierra la puerta con el pestillo y se esconde bajo su cama aterrorizado, cerrando los ojos con fuerza. Entonces llega un vecino aporreando la puerta de la casa para ver si le abren y así poder ayudar. El monstruo agarra a Chloe desde la nuca con su enorme garra y vuela por el pasillo a brutal velocidad hasta llegar al cuarto de baño. Inmoviliza a Chloe colocándole la cabeza contra el espejo, mirando en dirección a un lado, y el monstruo se coloca tras ella. La chica, aterrorizada, respira contra el espejo, mientras crea vapor con su respiración acelerada al exhalar, condensándose en el espejo. No consigue ver al monstruo que está detrás y sujetándola con fuerza, pero siente cómo el monstruo respira sobre su cabeza, con una respiración fuerte, de animal. Entonces el monstruo finalmente muerde el cuello de la joven violentamente. Chloe lanza su último grito de terror a todo pulmón. El vecino consigue romper la cerradura con una herramienta y logra entrar en la casa junto a otros vecinos que habían escuchado los ruidos también, pero ya es tarde, y el monstruo no está. Solo encontraron al pequeño Ben con vida, asustado y helado de frío, escondido debajo de su cama, una casa con ventanales rotos y filtrándose el aire frío, muebles destrozados con marcas de garras exageradamente grandes, el cuerpo de una joven sin vida en el baño con una mordida de animal enorme en su cuello y el cuerpo también sin vida de la madre de los niños. Tampoco hubo testigos que conocieran a Nicolae, ya que nadie lo veía por el día en la casa, ni tenían disposición horaria para conocerlo. Ya había habido dos ataques de asesinatos paranormales: el de Alan y el de Chloe y su madre. Los ciudadanos empezaron a tener supersticiones sobre maldiciones y, tan pronto como pudieran, querían rápidamente enterrar a la joven y a su madre sin ninguna demora. Al día siguiente de la muerte de Chloe y su madre, las limpiaron, las pusieron en ataúdes y les hicieron un funeral rápido.

Cuatro semanas después de haber enterrado a Chloe y a su madre…

Una noche, en el cementerio, mientras llueve, Chloe sale de su ataúd con gran impulso y potencia, elevándose hacia el cielo y destrozando con brutalidad la lápida, dejando un agujero abierto en el suelo y rompiendo el ataúd, quedando completamente astillado. Chloe se sostiene en el aire, descalza y con un pijama de camisón que llevaba la noche de su muerte, transformada en su forma de nosferatu, con orejas puntiagudas, ojos completamente blancos con venas rojas, frunciendo el ceño y mostrando sus dientes de vampiro, con una respiración de animal salvaje. Sabe que ya no es Chloe Wade. Ahora es otra entidad con recuerdos de otra identidad. Ella recuerda todo lo que vivió la identidad humana, hasta su muerte, pero dejando de ser la inocente joven que era la niña. Logra escuchar todos los sonidos con total claridad, cierra los ojos y distingue todos los sonidos como si pudiera desglosar una pista de audio. Escucha la lluvia chocar entre la yerba, las lápidas y el barro. Escucha en una casa, a lo lejos, que un perro ladra y su dueño lo manda a callar. Abre los ojos y descubre que no hay lugar oscuro en el que no pueda ver con toda claridad. En la oscuridad ve de color rojo. Ahora ella se siente con una fuerza sobrenatural y comienza a tener una sed inmensurable; tiene hambre y eso la pone de muy mal humor. Alzada en el cielo, desde arriba, ve a un anciano vagabundo borracho, recostado en uno de los bancos de un parque cerca del cementerio, tapado con unas hojas de periódico. Vuela directa hacia el anciano, lo agarra por su abrigo y lo eleva al cielo con ella, y entonces le muerde el cuello hasta dejarlo sin gota de sangre. Ya saciada de beber, comienza a tener control en sí misma, se transforma en humana de nuevo y se siente más calmada y con una mente más serena. Cuando mira el cadáver desangrado del anciano, reflexiona sobre lo que ha hecho y se siente confusa, sabe que es una vampira, y también comprende que tiene que controlar al depredador en el que se convierte cuando su sed pide sangre como una droga. Tomó el abrigo del anciano y se lo puso. Le será muy útil, ya que por el día puede ponerse el gorro del abrigo y ocultarse de los rayos de sol, al igual que también puede ocultar su rostro a los ciudadanos para no comenzar rumores colectivos de que la han avistado.

Ben Wade fue a vivir con su tía, la hermana de su madre, la única familia que le queda. Un año después, en un día medio nublado con algunos rayitos de sol, Ben se encuentra acompañando a su tía al cementerio para visitar a sus familiares fallecidos. Casi al entrar al cementerio, un conocido de la tía de Ben la saluda y comienzan a hablar. La tía de Ben le dice que vaya a visitar a su hermana y a sus padres, dándole unas flores para que el pequeño presente sus respetos en las lápidas, y diciéndole que ella irá enseguida. Ben se adentra a las lápidas de su familia, y las mira con tristeza, susurrando.

—Te echo de menos, mamá; te extraño, hermana.

En ese momento Chloe aparece y se pone al lado de Ben, camuflada con el abrigo del anciano con el gorro puesto, y evitando mirar las cruces talladas en las lápidas semiovaladas, y se dirige a Ben diciendo:

—Tu hermana te quería —comenta con tono neutral.

—¿Y tú cómo lo sabes? ¿Quién eres?

—Solo sé que te quería… No soy nadie. Pero creo que necesitas saber que te quería.

Ben se queda muy extrañado con la joven y se posiciona delante de ella, mirándola y reconociendo su cara. Cuando se da cuenta de que es su hermana, queda sorprendido y le dice:

—¡Eres mi hermana! Pero… no puede ser, ¡¿cómo puedes estar viva?!

—No soy tu hermana.

—¿Cómo no vas a ser mi hermana? Eres tú, te estoy viendo delante de mí. Nuestra tía está en la entrada del cementerio, vendrá enseguida, vuelve con nosotros. Seremos una familia de nuevo —dice Ben, entusiasmado y alegre.

—No, escucha, no le puedes decir a nadie que me has visto, ¿lo entiendes?

—¿Por qué no? ¿Qué nos atacó aquella noche? ¿Qué era ese monstruo? Nadie me creyó cuando lo conté.

—No puedo responder preguntas sobre aquella noche. Aunque tenga la apariencia de tu hermana, soy otra persona. Mira, si no dices nada te haré una visita en la noche y te llevaré volando.

—¿Volando? ¿Cómo Peter Pan dices?

Chloe sonríe y contesta:

—Sí, como Peter Pan.

La tía de Ben se acerca y le pregunta con quién hablaba, y Ben se da cuenta de que Chloe ya no está y se pregunta cómo pudo desaparecer tan rápido.

Llega la noche, y Ben espera que su hermana cumpla su promesa.

Cuando anochece, a la una de la madrugada, Ben oye unos golpecitos en la ventana y ve a su hermana flotando en el aire. Ben lo ve mágico y va corriendo a abrir la ventana, y le pregunta cómo es posible que pueda hacer eso. Ella le sonríe le tiende la mano y le pregunta:

—¿Vamos a dar ese paseo que te prometí? Como Peter Pan.

Y Ben, entusiasmado, va con su hermana volando; le parece algo fantástico poder volar. Un rato después pasean por Central Park. Ella experimenta sentimientos muy cercanos hacia Ben, sentimientos vinculados a la identidad humana, y Chloe se deja llevar por esos sentimientos de dulzura, amor y paz que sentía la identidad humana.

De alguna manera, la vampira, independientemente de los sentimientos de la humana, también empieza a encariñarse del pequeño Ben. Siente un conflicto interno entre su naturaleza asesina y depredadora y la naturaleza humana que experimenta mediante recuerdos, entendiendo perfectamente esas emociones. Tiene muy claro que jamás hará daño al niño.

Ben comienza a contarle a Chloe todo lo que ha vivido en los años vividos con su tía. Se siente muy solo, no tiene amigos. Su tía hace todo lo posible para que Ben sea feliz. Después de haber pasado un rato muy agradable, a Ben se le ve muy feliz. Ben le hace preguntas, si no es su hermana, ¿por qué quiere estar con él?, a lo que ella le contesta que tiene un vínculo muy fuerte de recuerdos con Ben. Le explica a Ben que tiene muchos recuerdos almacenados de su hermana en su memoria, y recuerda que lo quería mucho, y también recuerda que lloraba preocupada de que llegara el día en que la enfermedad de Ben lo matara. Ella le dice que tiene que llevarlo de regreso a su casa porque se ha hecho muy tarde, y de repente, un vampiro maestro de ojos rojos ataca velozmente a Ben sujetándolo por la pierna, ascendiéndolo en el aire. Con Ben boca abajo, el vampiro le desgarra la garganta de un zarpazo, y la garganta de Ben comienza a chorrear sangre sin parar. El nosferatu lanza el cuerpo de Ben con mucha fuerza a los charcos del Central Park, mientras se lame la sangre de las garras. Chloe se enfurece, se transforma y ataca al vampiro, pero el vampiro se mueve más rápido que ella y la esquiva. El vampiro consigue sujetarla por el abrigo y la lanza contra el césped del parque. El nosferatu vuelve a su forma humana y ella se da cuenta de que es el vampiro que la mordió, Nicolae. El vampiro reprende a Chloe.

—¡Te has dejado llevar por unos míseros recuerdos! Yo te transformé, ¡me debes lealtad!

—¡Tú me mordiste y me mataste! Lo recuerdo bien.

—¡Esa no eras tú!, era el alma de una insignificante adolescente que ya partió al mundo de los muertos. ¡Yo te liberé!, no puedes estar llamando la atención e ir volando por ahí a la vista de los humanos, arriesgándote a que nos descubran. Pero no temas, yo te enseñaré a sobrevivir, a esconderte en las sombras, a alimentarte, a deshacerte de esos recuerdos que no te pertenecen. Veo que el vínculo con la identidad humana está tan unido a ti que confundes lo que eres en realidad. Debes comer, beber sangre del ganado que llamamos… humanos. La sed te descontrola y te vuelve salvaje e inestable. Es inevitable, pero tienes potencial, déjame guiarte y ser tu maestro para convertirte en una depredadora letal e imparable.

Chloe comprende lo que Nicolae trata de decirle, y accede a ser guiada por él. Nicolae le explica que ya no es humana. Ahora es uno de los suyos, un vampiro, una raza más poderosa que el ser humano, una raza superior.

Nicolae Volkova enseña a Chloe todo sobre sus poderes sobrenaturales. Tiene capacidad de aprendizaje muy rápida.

Unos meses después, la joven ha adquirido muchos conocimientos vampíricos, como cazar sin dejar testigos o acechar en las sombras sin ser vista.

Nicolae comparte información con su alumna de que hay algunos humanos por el mundo que saben de la existencia de los vampiros, pues han sido testigos de verlos y tener la oportunidad de escapar. Esto suele suceder mucho con los vampiros esbirros. No son cuidadosos al atacar humanos, y muchas veces quedan expuestos a ser vistos y convertir a humanos en testigos. Estos testigos a veces forman pequeñas hermandades para cazar vampiros. Durante siglos y con la astucia de los jefes, que envían a sus guardianes a eliminar a los testigos, es importante ser cautos y permanecer ocultos. Algunas personas no han sido testigos por casualidad, sino que son escogidos al azar en diferentes lugares del mundo para ser aterrorizados estratégicamente, haciendo diversas apariciones donde únicamente podía ver al vampiro. Ese testigo, al comentar a los lugareños que varias veces ve a un vampiro, y ser el único que los ve cuando nadie más lo hace, el resto de los ciudadanos piensan que está loco.

Nicolae revela a su alumna que en una zona de México hay un pequeño monasterio abandonado en ruinas, y dentro del monasterio hay una hermandad de cinco cazavampiros, cuatro chicos y una chica, que han dado caza y muerte a tres esbirros vampiros. A uno de los esbirros le inyectaron una jeringa de agua con ajo triturado. Esta inyección actúa contra el vampiro como una alergia que anula temporalmente todos sus poderes, además de producirle un intenso dolor en todo el cuerpo. El esbirro fue encadenado a un poste de madera. Sin tener fuerzas para escapar y gimoteando de dolor, lo dejaron en aquel poste hasta que salió el sol y lo calcinó. Unos días después, cerca del lugar donde asesinaron al primer vampiro, mataron al segundo. Una noche, la chica de la hermandad se hizo pasar por una inocente y desamparada chica que lloraba delante de una taberna por quedarse sola y sin hogar, para hacer creer al vampiro que era la ocasión de una presa fácil si la alejaba del lugar. El vampiro le ofreció un lugar para quedarse con la intención de morder a la joven a pocos metros de la taberna, en la oscuridad donde ya no llegaba la penumbra de las luces de la taberna. Estando en las zonas oscuras, los compañeros de la chica y la propia chica también atacaron al vampiro, rociándolo con agua bendita. El vampiro, sintiendo el ardor que le producía el agua bendita, quedó de rodillas y gimoteando, y todos los jóvenes le clavaron estacas por todo el cuerpo, principalmente en el corazón, hasta matarlo. Al día siguiente, solo quedaron del vampiro en el suelo cenizas calcinadas por el sol. El maestro vampiro que controlaba México, una de las regiones en las que más tiempo llevan habiendo vampiros, se percató de que dos esbirros habían sido asesinados en una misma zona y decidió acechar en el lugar de los acontecimientos. Poco tiempo tardó en dar con la hermandad de los cinco muchachos, mientras observaba cómo mataban al tercer esbirro, utilizando el mismo modus operandi de las jeringas con agua y ajo, agua bendita y estacas, y continuó acechando en las oscuras noches, estudiando sus movimientos y descubriendo su paradero. «El monasterio abandonado». Es ahí donde el maestro de México aprovecha para hablar con el maestro Nicolae y poner a prueba las habilidades y lealtad de su alumna. Chloe tendrá que demostrar ser una digna alumna y apta para ser una futura líder tras ocuparse de la hermandad.

Cae la noche y los chicos de la hermandad se encuentran en el monasterio, con algunas antorchas encendidas entre los muros en ruinas del lugar, también adornado de crucifijos, y una pequeña hoguera donde asan carne para ir comiendo mientras se mofan de los vampiros contando cómo les han ido venciéndolos en sus cazas contra ellos. Los chicos solo conocen la estirpe de los vampiros esbirros. Desconocen que existen los guardianes y los maestros, mucho más fuertes, terroríficos y poderosos de lo que podrían alcanzar a imaginar.

Chloe se encuentra a pocos escasos metros, sostenida en el aire, llena de ira contenida, y acechando a los jóvenes con su superdesarrollada vista y oídos. Ella siente desde la lejanía cómo los crucifijos brillan y la debilitan. Le producen jaquecas, náuseas e inestabilidad visual. No podría entrar al monasterio y despedazarlos tan fácilmente con esos crucifijos que tenían los muchachos para alejar a los vampiros del lugar y estar a salvo, así que Chloe, motivada por su cólera hacia estos chicos después de escuchar todas sus mofas, las burlas hacia su raza y hablando entre ellos de cómo disfrutan matando vampiros, se dispone a exterminarlos a todos.

Mientras los chicos ríen y hablan, escuchan el grito de una chica en peligro, pidiendo auxilio fuera de los muros del monasterio.

—¡Debemos ir a ayudar a esa chica cuanto antes! —dijo uno de ellos mientras se apresuraban todos al rescate.

Los chicos pasaron unos minutos inspeccionando el lugar, buscando a la víctima o al vampiro mientras se alejan cada vez más del monasterio. Entonces vieron a Chloe, actuando como una adolescente indefensa y asustada, corriendo hacia ellos y pidiendo desesperadamente auxilio. Uno de los jóvenes la sujeta por los hombros e intenta calmarla para que le cuente qué está sucediendo. Chloe, señalando hacia el lado opuesto del monasterio, dijo entre falta de aire y balbuceos de pánico que había una criatura que la perseguía y quería matarla.

—No te asustes, mi bella chamaquita, nosotros somos cazavampiros, estás en buenas manos, ¡ándale! ¡Matemos a ese vampiro!

El equipo avanzaba cautelosamente, mientras Chloe quedó detrás de ellos inmóvil, transformándose con sus ojos blancos, orejas puntiagudas y sus garras. La vampira escucha el pulso de los latidos del equipo. Están muy nerviosos, pero no tienen miedo. La nosferatu coge una barra de cactus del tamaño de un bate y, con un rugido, ataca a uno de ellos, golpeándolo y partiéndole media barra de cactus, quedando la mitad de la parte de arriba incrustada por las púas en la cara. El chico cae al suelo, agonizando de dolor, y la vampira comienza a dar zarpazos al tronco del muchacho, desgarrándole la piel, rompiéndole huesos y rasgándole los órganos. El equipo acude al rescate y ve que Chloe no es una vampira como los que habían matado anteriormente. La chica de la hermandad saca su frasco de agua bendita y la rocía contra Chloe, pero la vampira, antes de que el agua tocara su piel, se movió a gran velocidad, esquivando las salpicaduras del agua a una rapidez imperceptible. La vampira se coloca tras la chica; la chica, al oír a la vampira gruñir a sus espaldas, se dio la vuelta rápidamente con impulso para clavarle la estaca a la vampira, pero la vampira detiene el ataque, cubriéndose con el brazo, haciendo que al golpear brazo con brazo se le escape de las manos la estaca a la chica, cayéndosele al suelo. La vampira sujeta y levanta por el cuello a la chica, casi estrangulándola. La chica logra sacar otra estaca de su cinturón y le asesta un estacazo a la nosferatu, clavándosela con impulso de abajo hacia arriba, desde el mentón. La vampira lanza un gruñido de dolor y aprieta el cuello de la chica hasta que se lo rompe y lanza su cadáver a un lado. Los tres chicos que faltan se reúnen muy aterrorizados. Nunca han visto a un vampiro tan terrorífico. Uno de ellos saca un poco de coraje y, con una estaca en la mano, se dirige hacia Chloe para enterrársela en el corazón, y grita con voz temblorosa:

—¡Ándale, cabrón! ¡Chinga tu madre!

La vampira ve cómo el joven se acerca atacándola con la estaca, pero ella concentra su sentido de supervelocidad y consigue ver cómo todo ocurre lentamente ante sus ojos, dándole libertad de esquivar. En el momento del ataque, logra, con un movimiento de brazo, arrancarle de un zarpazo medio brazo al chico, con el que este se queda gritando de dolor y temblando de terror mientras observa el rostro de la vampira, que acaba mordiendo el cuello del moribundo chico. Luego deja caer el cadáver ante sus pies, mientras se regenera de la herida del mentón. Los dos cazavampiros que faltan atacan juntos a la vez, pero la vampira, con sus garras grandes, los agarra por las cabezas, a uno con cada garra, tapándoles con sus manos las caras. Entonces, la vampira coge impulso y salta muy alto, mientras sujeta a los chicos de las cabezas y aterriza con fuerza, golpeando a los chicos con una terrible potencia contra el suelo. Lo hace una y otra vez, mientras los huesos de los jóvenes se van rompiendo y astillando, y queda un charco de sangre que le sale de los orificios de sus cabezas y sus cráneos quebrantados. Chloe roba una jeringa de agua con ajo a uno de los chicos despedazados y la oculta a sus espaldas.

Después de lo sucedido, baja descendiendo del cielo su maestro Nicolae, aplaudiendo la hazaña de su alumna, aterrizando frente a ella. Le transmite que está muy orgulloso de ella y está seguro de que es digna y capaz de dirigir una sociedad de vampiros en una región algún día. Mientras el maestro le habla orgulloso de sus habilidades, Chloe lo mira fijamente, mientras va frunciendo el ceño lentamente, enfadada. Chloe sujeta la jeringuilla fuertemente y apuñala con esta a su maestro en un lateral del cuello. Nicolae queda sorprendido y mira a Chloe confundido por lo que está ocurriendo.

—Esto es por Benjamin Wade, estamos en paz —dice la vampira a su maestro, vengándose de la cruel muerte del pequeño Ben en el Central Park.

Cuando Nicolae se enfurece con su alumna por haber arremetido contra él, se dispone a darle un fuerte golpe a Chloe, sin que ella se inmute, y antes de poder hacerlo se da cuenta de que le fallan las fuerzas y sus poderes. Nicolae cae al suelo, débil, y comienza a sentir cómo le arde todo su cuerpo por dentro, causado por el ajo que corre por sus venas. Chloe agarra de un pie a su maestro y comienza a arrastrarlo para llevarlo a un lugar seguro para los dos, y Nicolae, enfurecido, replica:

—Ja, ja, ja, ya verás cuando mis hermanos, los maestros, se enteren de tu debilidad por los humanos; esto es traición.

Chloe deja de andar y le pregunta a Nicolae:

—¿Cómo has dicho?

Ella no puede permitir que Nicolae les diga lo sucedido a los maestros. Comienza a amanecer y los primeros rayos de sol están a punto de iluminar el lugar. Chloe mira a su alrededor y, aparte del monasterio en medio de una zona desierta, sin techo ni lugares que den sombra dentro, solo ve a cinco chicos muertos, kilómetros de tierra, algunos cactus y algo de yerbajos.

Chloe suelta la pierna de Nicolae y continúa andando sola. Nicolae le cuestiona lo que está haciendo con varias amenazas.

—¡No puedes dejarme morir aquí, yo te creé, soy tu padre! ¡Esto no quedará así, maldita!

Nicolae comienza a quitar todas las prendas lo más rápido que puede a los cinco jóvenes que mató Chloe y empieza a cubrirse con ellas para ocultarse del sol todo lo que pueda y sobrevivir.

—Es indignante… —dice enfurecido el vampiro mientras se cubre con las prendas.

Nicolae sobrevivió y tuvo una reunión con los sabios maestros vampiros para castigar los actos de su alumna. Tomaron la decisión de no matar a ningún vampiro guardián con las útiles capacidades que posee y tener paciencia con ella, pero acordaron no convertir a Chloe a nivel maestro, lo cual no recibiría los poderes maestros hasta el comienzo de su reinado en la región que se le otorgara.

IX

La venganza de Nicolae

Chloe termina de contar su pasado a Thomas y le hace entender por qué no dejó que el vampiro los matara en la casa abandonada. Los niños le recordaron al pequeño Benjamin Wade, y desde los acontecimientos de la casa los ha estado observando, protegiéndolos todo lo que pudiese entre las sombras. No quiere matarlos, no quiere matar a nadie simplemente por placer, pero Thomas es un testigo que quieren matar. Ella quiere que se una a la raza vampírica, por eso mordió a la hermana de Thomas, además de no tener más opción de salvarla, y dice a Thomas que, si está dispuesto por propia voluntad, también desea transformarlo. Thomas recrimina a Chloe que a su hermana no le dio la posibilidad de transformarse voluntariamente, y esta le responde que no tuvo opción. O la convertía, o ellos la matarían. Revela a Thomas que el nosferatu que estaba en la casa abandonada era Nicolae Volkova, su mentor. A los maestros vampiros no les gusta dejar testigos, por eso mandó a su alumna a encargarse de los niños de la casa abandonada. Chloe pretendía morder a su hermana sigilosamente, entrando al lavabo por el conducto de ventilación sin comprometer a su madre, pero los tres esbirros que estaban en la estación no fueron cautos y mataron a los ancianos, dejando que la madre de Thomas fuera testigo de que existen vampiros. Entonces escuchó que los esbirros ya estaban transformados y dio un golpetazo destrozando la puerta del lavabo para que Phoebe se asustara y saliera corriendo, para así salvar su vida. Pero no tuvieron que hacer nada. Poco después se suicidó. Los esbirros son estúpidos y temerarios. Se lo toman todo como una diversión, y a muchos hay que ejecutarlos, poniéndolos como ejemplo de lo que les pasará a los demás si no se responsabilizan de lo que hacen, y es muy tedioso estar limpiando todo lo que van ensuciando a su paso. Es inevitable, los humanos caerán y los vampiros gobernarán la tierra, y Chloe no quiere que Thomas muera, pero ella es una vampira y no puede traicionar a su raza, así que propone al muchacho que tome la decisión para que se deje convertir o no, prometiéndole que no le robaría su conciencia ni sus recuerdos, solo le arrancaría su parte humana, para estar a su lado y con su hermana; de lo contrario, caerá tarde o temprano con el resto de los humanos. Thomas pregunta a Chloe dónde está su hermana, y le dice que está en la casa abandonada y que la ha cuidado bien, y se han hecho amigas. También advierte a Thomas de que no vaya a verla solo, porque ya no es la Elise que conocía al no tener su parte humana; la mordió dejándole recuerdos de su lado humano, pero habría que hacerla recordar y puede ser muy peligroso que vaya solo. Thomas, al conocer todo esto, no dice nada, se da la vuelta y decide marcharse de la casa a buscar a su hermana. Chloe lo deja marchar.

Thomas corre a buscar a su hermana hacia la casa abandonada, y por el camino es avistado por Wilkins y Éric, que lo persiguen sigilosamente hasta la casa. Cuando llegan a la casa, ven a Thomas entrar, y busca a su hermana en la oscura casa, llamando y preguntando si se halla ahí… Los amigos observan desde unos metros de distancia por si ocurre algo inusual, vestidos con su equipamiento que ellos mismos fabricaron, con un collarín de plata por si intentan morderlos, también unos brazales, una pechera, unas hombreras y rodilleras que iban con soportes de cinturón de cuero, y debajo de los protectores de metal un mono de trabajo negro, y unos guantes. Mientras Thomas busca a su hermana en el interior de la casa, los amigos miran hacia el tejado y ven a Elise en cuclillas en el borde del tejado, mirándolos transformada en vampira, y esta desciende al suelo y les ruge amenazadoramente en posición de ataque, manteniendo una cierta distancia por la ligera debilidad que le produce la plata que llevan los guerreros mojados. Los chicos sacan unas minis estacas de plata mientras la rodean entre los dos. Chloe llega descendiendo, pronunciando el nombre de Elise con tono dominante. Elise deja de estar en posición de ataque contra los chicos. Wilkins amenaza a Chloe con matar a todos los vampiros que encuentre. En ese momento, Thomas sale de la casa corriendo y les dice a los guerreros mojados:

—¡Dejadla en paz, está de nuestro lado!

—¿De nuestro lado? Para empezar… ¿Tú cuándo has empezado a ser un guerrero mojado? —dice Wil , confuso y patidifuso.

—¡Sí, de nuestro lado! Si hubiera querido, te hubiera matado en el puente Támesis, y a mí me salvó de unos vampiros que estaban en el puente —responde Thomas.

—¡Esos animales de mierda mataron a mi mejor amigo! —replica Wil con rabia.

—Ella no es como ellos, bajad las estacas, por favor… —les pide tranquilizándolos Thomas.

Los guerreros mojados se miran mutuamente, y Éric permite que Wil lidere la situación, diciéndole en voz baja:

—Tú dirás, Wil , eres el de las reglas, ¿cómo procedemos?

Entonces Wil se queda analizando la situación por unos segundos, valorando la situación, hasta que decide guardar las armas. Pero los guerreros mojados saben que los vampiros ingieren sangre, y para eso deben matar personas, y ellos son un símbolo de protección para la ciudad. Thomas les cuenta a los guerreros que está en peligro y que Chloe es la única persona que puede protegerlo del maestro que quiere darle caza. Thomas apela al honor de Wil recordándole que está en deuda por dejarlo vivir en el puente; Wil lo mira con cara de frustración mientras rechista:

—¡Tienes huevos, eh, mocoso! Mmm… Nos iremos por esta vez y mi deuda quedará saldada, ¡espero que quede claro, la próxima vez atacaremos! Pienso limpiar Londres de monstruos.

Habiendo dicho esto, los guerreros mojados dan media vuelta y se van tranquilos andando.

Thomas dirige la mirada a su hermana, emocionado por verla viva con ojos llorosos:

—Hermana… soy yo, Thomas.

Elise expresa confusa con la cabeza que no lo conoce de nada, y Chloe aclara a Thomas que su hermana no tiene vínculos ni recuerdos de la identidad humana. Podría haberlos mantenido, pero para hacerlo con intención requiere ser mordida a voluntad, y Elise no fue mordida a voluntad. Elise pregunta si ese era el chico al que Chloe quería ver cuando estaban en las recreativas, pues Chloe mencionó esa noche que no estaba sola y que había una amiga con ella. Era Elise. Thomas ve y cuestiona a las chicas que Elise está más mayor que la edad en la que murió. Parece de la edad de Chloe, unos dieciséis, y Chloe le menciona que su edad cuando murió su identidad humana era de trece años y que los vampiros niños siguen desarrollándose hasta la adolescencia.

De pronto baja planeando del cielo Nicolae, dirigiéndose a Chloe, felicitándola por el buen trabajo de traer a Thomas hasta la casa, y le ordena que lo mate sin piedad con una sonrisa malvada. Chloe queda sorprendida por la presencia de su maestro, que la había seguido sigilosamente y no hace nada. El maestro vuelve a ordenar que lo mate con tono agresivo, y Chloe se niega, exponiendo que ya no quería ser la alumna de un vulgar asesino, que incluso los vampiros podían tener moralidad. Nicolae sonríe y le confiesa a Chloe complacido:

—No sabes cuánto tiempo llevo esperando otra infracción tuya, sucia traidora. Esta vez te destrozaré como a una miserable rata, ¡os mataré a todos! Nosotros somos la raza superior, los humanos se extinguirán.

Nicolae usa supervelocidad para acercarse a Chloe y golpearla con facilidad con una mano en la espalda, enviándola hacia la entrada de la casa, atravesando del golpe las tablas de la puerta que mantenían la casa tapiada.

Elise, al ver cómo era golpeada su amiga, arremete con furia contra Nicolae; en cambio, el malvado vampiro consigue sujetar a la vampira en el acto y la lanza contra el letrero luminoso del hotel que está al lado de la casa abandonada, reventando las letras de luces fluorescentes y liberando chispas de fuego.

Los guerreros mojados escuchan a lo lejos los ruidos y destrozos, y acuden de vuelta al lugar, escondiéndose detrás de un árbol. Al observar la destreza en combate de Nicolae, Éric pregunta:

—¿Esto se sale de madres, ¿no? ¿Es hora de correr?

—¡No seas cobarde, Éric, por el amor de Dios! Somos mata-vampiros, y es lo que vamos a hacer. No te preocupes, atacaremos juntos y con la plata de nuestros uniformes quedará expuesto y lo debilitaremos; luego lo dejaremos con más agujeros de estacas que un colador.

Los guerreros mojados atacan al vampiro con sus estacas en las manos y se acercan al malvado nosferatu para debilitarlo con la plata de sus uniformes. Y cuando se acercan para clavarle las estacas, el vampiro se mueve a gran velocidad y los sujeta por la solapa del cuello del mono a los dos, uno con cada mano, mientras les advierte que la plata no funciona con un maestro vampiro. Lanza a Éric contra el árbol, dejándolo muy dolorido en el suelo del impacto. El cruel vampiro prepara su garra, elevándola para coger impulso y destripar el torso de Wilkins, ya que no puede morderle en el cuello por el collarín. Sujetando a Wil por el cuello con una fuerza estranguladora, exponiendo su mano bajo el collarín. El indefenso Wil mira a su compañero y comenta sin apenas aliento:

—Vale, vale, ahora sí creo que esto ya se sale de madres.

El vampiro está listo para desgarrar el torso de Wil cuando, inesperadamente, Chloe sale disparada desde el interior de la sombría casa y consigue golpear a Nicolae con toda su fuerza, haciéndolo caer a unos metros de distancia y liberando a Wilkins, que intenta recuperar el aliento. Nicolae se pone en pie, sacudiéndose la ropa y mostrándose arrogante, mientras de pronto comienza a transformarse en su forma de bestia, en un murciélago enorme y terrorífico de ojos rojos y alas gigantes. Elise vuelve a atacar al monstruo, arañándole la cara de murciélago e hiriéndole un ojo. El murciélago agarra con sus patas a Elise del torso, mientras la eleva en el aire y la arroja contra el tejado compacto de la casa con tanta fuerza que queda la vampira sin conciencia.

Chloe se transforma en vampira y se libra de un combate de uno contra uno, siendo golpeada una y otra vez. Aunque la vampira resiste, no consigue igualar la velocidad ni fuerza de un maestro vampiro. Wilkins se pone en pie y saca una mini ballesta de un solo uso con una mini estaca. Apunta al malvado vampiro y dispara. El vampiro observa a tiempo ralentizado la estaca y, por ende, la esquiva, apartándose y exponiendo a Chloe al ataque, siendo atravesada en la palma de la garra de Chloe. La vampira, retorciéndose de dolor, les grita:

—¡Grr, chicos, más cuidado de hacia dónde apuntan!

Wil , que se había escondido detrás del árbol, se asoma ridiculizado, levantando el brazo en señal de disculpas y disculpándose:

—Lo siento, *mea culpa*. Ha sido sin querer.

Éric pregunta a Wil si ya es hora de correr, a lo que él contesta que ni de coña, y le pide a su compañero que le entregue su mini ballesta para tener una oportunidad más de asestar al murciélago.

Wil se posiciona para volver a disparar y la ballesta se atasca. Voltea a su amigo para que la desatasque y se ponen a murmullar discutiendo entre ellos.

—Es por este palito de aquí, no permite que la tanza se suelte.

—¡No! Te digo que no es por eso, es que el accionador está duro.

—¿¡Me vas a dar clases de cómo fabriqué esto!?

Entonces, mientras discuten accidentalmente, la ballesta se dispara y acierta por casualidad al pescuezo del murciélago.

Mientras el murciélago se retuerce, intentando sacarse la estaca del pescuezo, Thomas ayuda a Chloe a sacarle la estaca de la mano, regresando a su forma humana, ya que a ella le quema tocarla como si fuera un metal al rojo vivo y debilita sus poderes.

En cuanto el murciélago se recompone, se abalanza contra Thomas y le da un aletazo, aventando al muchacho contra la ventana de la casa, donde cae al suelo una tabla medio podrida que se parte de la ventana, quedando algo afilada. Chloe se ha quedado débil debido a la plata y a la paliza recibida por el murciélago, y necesita unos minutos para recomponerse. El murciélago avanza lentamente dirigiéndose a Thomas para despedazarlo. Elise, despertando de nuevo, ataca por la espalda al monstruo mientras le grita a Thomas que corra, dañándole las alas y consiguiendo casi arrancarle una de ellas. El murciélago chilla herido y atrapa a Elise, despedazándola con las garras y arrancándole la cabeza. Thomas grita:

—¡Nooo, Elise!

El monstruo voltea hacia Thomas desafiante, y con super-velocidad acomete contra él. Thomas, a su vez, levanta el trozo de tabla que tenía filo, y el vampiro se clava el tablón accidental-mente debido al impulso del ataque. Nicolae queda con parte del corazón dañado y gravemente herido, pero no ha sido suficiente para matarlo. Thomas retrocede arrastrándose, impulsándose hacia atrás con sus piernas, sobrecogido por la impresión que le causa la criatura, mientras el murciélago ruge con gran vigor. Chloe se transforma en vampira y aprovecha la ocasión para atacar a Nicolae, gravemente herido, mordiendo su cuello y arrancándole un trozo de carne, dejando un hueco enorme en su garganta. Nicolae, ya muerto, comienza a desintegrarse, convirtiéndose en polvo, mientras Chloe se levanta lentamente victoriosa, se pone de pie y se relame, saboreando la sangre de Nicolae. Con una mirada intensa, a Chloe le empieza a cambiar el color blanco de sus ojos a rojos brillantes después de usurpar los poderes de su antiguo mentor, alcanzando el rango de maestra.

X

Conclusión

Habiendo derrotado al poderoso Nicolae con gran esfuerzo, los líderes maestros respetan a Chloe por su hazaña, logrando ascender al rango de maestra, sin necesidad de adquirir ese rango por caridad, y ganándose el derecho de controlar el territorio de Inglaterra. A Chloe no le convence la idea de liderar un territorio, no quiere liberar una guerra y matar a los humanos solo por extinguirlos por considerarse una raza inferior; ella no quiere matar por placer. Es una vampira con un vínculo inusual con la conciencia humana gracias a que la identidad humana era un alma muy noble; ese es el legado que dejó a la vampira desde su conciencia, pero no puede traicionar a su raza y tampoco puede dejar Inglaterra en manos de otro vampiro cruel y despiadado como lo fue Nicolae Volkova, por lo tanto asume el control de Inglaterra.

Los guerreros mojados continuaron su larga trayectoria, liderados por Wilkins Sommers, matando a crueles y terroríficos vampiros y algunas otras bestias. Ampliaron la hermandad con nuevos miembros que se iban uniendo a la causa de proteger a los habitantes de la ciudad, creando también nuevas armas y estableciendo unas normativas de seguridad. Wilkins maduró y dejó de ser un macarra para convertirse en un héroe que salvaba a personas en apuros de las fauces de las criaturas feroces que están esparcidas por el mundo. Chloe ayudó a Wil luchando codo con codo contra el primer y único licántropo. Era tan fuerte y vigoroso que casi acabó con sus vidas. Surgió de una maldición que le lanzó una poderosa y hermosa bruja despechada y vengativa: «La rabia crecerá en tu interior apoderándose de ti, y se liberará la bestia cuando la tenue y dominante luz de la luna reine en los cielos en las noches».

Wil Sommers obró en memoria de su amigo Arthur hasta el final de sus días.

Noah, el padre de Thomas, fallece finalmente en paz, pasando sus últimos días en compañía de su hijo. En el entierro, Thomas echó en falta el apoyo emocional de Chloe, lo que no sabía es que Chloe estuvo presente en el entierro de su padre dentro de un panteón devastado, escondida en la sombra para protegerse del sol. Thomas y Chloe tuvieron varios emotivos encuentros. Ella nunca dejó de insistir en intentar convencer a Thomas para su conversión, manteniendo su alma y su conciencia, pero a pesar de que Thomas también sentía algo por Chloe, no veía que esa fuera la manera de estar juntos, y siempre se negó. Hasta que un día, a sus treinta y dos años, fue mordido por un vampiro guardián, que se hacía pasar por un payaso de circo deambulando con una furgoneta con el logo de «circus» que apenas se podía leer porque estaba deteriorado y con herrumbre. Chloe pierde al único chico que ha amado.

Thomas se convierte en un vampiro puro, sin recuerdos ni conciencia humana. No recuerda a Chloe antes de la conversión. Se convirtió en un monstruo sin remordimientos que no le importa matar a los humanos, destacando en la ayuda de favorecer fielmente a la comunidad vampírica hasta lograr el rango de maestro.

Londres (Inglaterra), año 2025

Ya casi ha anochecido y se han ido los rayos del sol en un fresco día de otoño. Chloe se encuentra sentada en un banco mientras escucha música desde su teléfono móvil. Tiene el pelo más largo, lleva unas mallas grises deportivas y unos zapatos deportivos blancos también, una sudadera de color verde menta y una muñequera con pinchos de estilo punk.

Sin esperarlo, un balón de fútbol rueda hacia su pierna dándole un toquecito; se quita un auricular de un oído, mira al frente y ve a un niño de ocho años que le pide disculpas:

—Perdone, no quería darle con la pelota.

Chloe solo mira al niño con una expresión amable, y este le dice:

—Es usted una chica muy guapa para mi hermano mayor, se ha vuelto un cascarrabias últimamente, su última novia lo trataba mal, pero tú pareces simpática. Mi hermano necesita una novia.

Chloe, sorprendida de lo que le dice el niño, la hace reír. Antes de que ella pueda decirle algo al niño, interrumpe su hermano mayor diciéndole al pequeño que deje a la señorita en paz, se acerca a Chloe con un carácter empático y le pide disculpas. Le explica que está con mucho trabajo de estudios y que su madre trabaja todo el día. No tiene a nadie que cuide de su hermano pequeño. Chloe se ofrece a cuidarlo con mucho gusto durante un rato, lo cual el chico agradece para poder estudiar. El muchacho se presenta con el nombre de Dennis; ella también se presenta. Le parece un joven bastante atractivo, con pelo corto rizado, ojos azules, cuerpo atlético y una linda sonrisa. Dennis se dispone a marcharse, pero se detiene a solo unos pasos de distancia y da la media vuelta de nuevo para dirigirse a ella, haciendo un brusco gesto como si se olvidara de algo y preguntarle si le gustaría ir a dar un paseo alguna vez, a lo que ella acepta un poco ruborizada y complacida.

Cuando Dennis se va, el niño le cuestiona a Chloe si le gusta jugar a la pelota, mientras el niño se sienta a su lado, y ella le responde con otra pregunta si le gusta volar.

—¿Volar? ¿Como Iron Man dices?

—Sí, como Iron Man —le responde Chloe con una ligera sonrisa de complicidad hacia el pequeño, rememorando a Benjamin Wade.

FIN

PRÓXIMAMENTE... *PUNK VAMPIRES II*

Índice

Agradecimientos 9

Prólogo 11

I. Thomas merece algo mejor 13

II. Una nueva vida 23

III. ¿Quién es Chloe Wade? 29

IV. Recuerdos con Elise: la casa 33

V. La revelación 37

VI. Codo con codo 43

VII. El eco del pasado 49

VIII. La conversión 55

IX. La venganza de Nicolae 73

X. Conclusión 83